經典與非典

文學

世紀初

周芬伶

著

自序　我們的世紀初

二十一世紀已過了二十年，二十年了，猶記得還在九二一世紀大地震醒來，一路翻滾，然後又碰上全球大疫，不平靜的年代，書寫是唯一的心靈依靠。我寫得又急又快，上世紀約兩、三年出一本，這世紀前二十年，幾乎平均是一年一本或一點五本，時而創作時而論述。大約是《汝色》開始，找到新的寫作法，暖機待機時間變短，單刀直入，幾個文類一起寫，這邊阻塞，就寫另一邊，就這樣養成日寫一千的習慣，連出國也很少停筆，總在清晨時分，以文字禱告開始，一天不寫就覺缺少重心。《聖與魔——戰後小說的心靈圖象》與《花東婦好》幾乎同時開始，長篇如長跑，更需耐力，然時代在劇變中，我們以為的太平盛世原來是戰雲密佈，這是亂世，連讀者也很難在閱讀中找到安心。

每個世紀前二十年，它是世紀翻開的新頁，也是黎明來臨前的微曦，有新發現也有新幻滅，如一六二〇年五月花號搭載清教徒抵達美洲新大陸，一六二一年顏思齊率鄭芝龍等二十六人在北港登岸，揭開移民新史；一七一〇

年至二〇年，曹雪芹出世，巴哈盛產期，一七二〇年陳文達、王禮完成《臺灣縣志》；一八一〇年至二〇年浪漫主義當道，一八一〇年清政府核准設「噶瑪蘭廳」；一九一〇年至二〇年新文學運動風起雲湧，現代主義與實驗電影興起，一九一八年魯迅寫出〈狂人日記〉，一九二〇年在日臺灣人留學生在東京成立新民會，推動政治改革運動。臺灣大抵與世界潮潮流相應。到這個世紀初，我們先是被大國摔在後邊，形成一個圍籬，走不出困境。直到去年武肺封城，臺灣封鎖邊境，當世界被病毒困住，臺灣因防疫得當，在晶片荒中成為矽島，也因戰略地位越趨重要，受到世界矚目，人們正常生活，正常聚會，彷如回到七、八〇年代的經濟奇蹟，而這波更大，竟與外面世界形成平行世界。

離世界越遠，越接近風暴：離風暴越近，越能找到寧靜，這也許就是現下臺灣的處境，文學的規律也是如此罷？！我們看戰爭時期的《卡繆札記》中描述「最細微的碰撞，都能讓我們的存在根本產生動搖。連一道光瀑的瀉下，都可以從中看到永恒」；而維金尼亞渥爾夫寫下「要拿什麼和生活相比呢？就只能比做一個人以一小時五十英里的速度被射出地下鐵道，從地道口出來的時候

頭髮上一根髮針也不剩。光著身子射到上帝的腳下」，這些冷冽的句子，有著亂世中的靈光與頓悟。

我們的世紀初是充滿靈光或惡俗，也許兩者兼俱，形成另一種平行世界。「世紀之交的文化」這一概念，與革命、創新、語言這些關鍵詞緊密相關，是傳說中的「白銀時代」，新穎而富足：那麼屬於我們的世紀初則像是回到「青銅時代」，與鬼神相通的巫術與扶乩，可說是生長在電子時代的怪瘤，沿襲、懷舊、考古，一系列「後」美學當道，其時，想寫《聖與魔——戰後小說的心靈圖象》續篇，也許時機未成熟，只有一些散篇發表，一方面整理五、六〇年代的文學與資料匯編，因而有琦君與謝冰瑩的論文，作為臺文館文學資料匯編的序論，以及「余光中研討會」論文，並為屏東縣政府編寫《陳冠學紀念文集》，也添一篇紀敘文，這些我喜歡且熟悉的前輩作家，樹立文學典範，在建構臺灣文學史中佔據重要的地位，追蹤其後，也可見隱隱形成自己的思路。

然在同時，新世代作家湧現九〇年代的酷兒到新時代的同志運動，產生「基化」的現象，我們都愛美，更愛美食美物，唱歌跳舞，所謂文青、知青、憤青

就跟基化有關，他們不再信奉與追隨經典，反對父權與威權，追求政治正確，公平正義，口味較為複雜多元，弱勢不弱。因而老世代退讓給新世代，異男異女退讓給同志，在二〇一〇年《後退與拾遺——小說世紀初》中討論到世紀初的小說現象，可視為聖與魔——戰後小說的心靈圖象》之延長，另外在《印刻文學生活誌》為幾個作家作論，寫完他們紛紛得獎，獲得廣大矚目，如王定國、郭強生，賴香吟與鍾怡雯正是鼎盛期，我雖無心錦上添花，但也躬逢其盛。

輕文學與ＩＰ小說盛行，讓臺劇臺影再起，從《醉．生夢死》到《陽光普照》，從《花甲男孩》到《俗女養成記》，文字族邁向影像化，我在《花東婦好》中也套用類型框架，從人走向非人，從非人走向後人類，那完全無設想，自然而然流入賽伯格。寫作者的角色更加不確定，讓書寫更加曖昧，紙本讀者大量流失，讓堅守嚴肅文學的作者束筆，非典或新典作家興起，他們從說書人與抒情傳統中走下台，進入人間煙火，變化的不只文筆，連作者也成為自己的經銷商。

上個世紀末，解構與後現代將小說支解成碎片，後設與魔幻也玩到讓大家

精疲力竭，新鄉土新寫實似乎是物極必返的結果，人們想聽完整的故事，而且是完整的好故事，小說家找回說故事的能力，努力說好一個故事，然而太陽底下哪有那麼多新鮮的好故事？因此拼命在文字上加料，造成文有餘而情感／情節不足的現象，這可能是類型與網路小說盛行不衰的原因，他們會講故事且講得更輕鬆自在，情感更奔放。

我的學生輩同志作家越來越多，常幫他們寫書序站台，這部份數量很多，挑選一篇較具代表性的，另外為哈金、吳曉樂寫序或推薦，因我曾被他們的某一本作品感動，而附在最後的訪談，大約是我從世紀末到世紀初的心路歷程，作為這些論述的生活背景，讓它們更具時代感。

這本書有較嚴謹的論述，也有很不嚴謹的對談，評論有輕有重，大約紀錄這二十年來的文學觀察，在學院內，也在學院外，在創作內，也在創作外，算是當代論學文集，重要的是抓住此時此刻，並望向未來。如果它們紛雜而跨度太大，正說明了我們的時代多麼分歧，也多麼豐富。

目次

打開記憶的金盒子

——琦君研究的典律化迷思*

前言——琦君的寫作年代

從上個世紀中葉到這個世紀初，琦君研究也有半個世紀，嚴格說來並不長，跟魯迅、張愛玲相比，研究的總量少很多，她還比張年長三歲呢！她的第一篇作品〈金盒子〉被討論得最多，這篇看來溫馨的作品，埋藏著作者對至親的痛，研究者在風格、意象、修辭的討論可謂多矣，新批評的研究法在琦君研究中佔大宗，但她的特殊性就在於；一、風格鮮明，易於辨識；二、語言明白曉暢，是詩詞的口語化與現代化，無法拆碎來談；三、人物刻劃生動，如真人重現；四、對話幽默可愛，敘事感人如小說與戲劇……，這些特點也造成研究的盲點：也就是大家都喜歡都明白，但作出來的研究很難突破，它像一個黑洞般，深不可測？

她的典範無可置疑，但納入文學史中總是找不到確切的位置，難道她也是典律之難以典律化的例子？如張愛玲。

通常溯源於冰心、朱自清，又與林海音、張秀亞並稱，單獨談她確實不易。

為什麼為什麼為什麼？

且讓我們從頭說起。

琦君的創作以散文與小說並寫的狀態發端，成名出書都比一般作家晚，初來臺時因好友孫多慈介紹認識文壇前輩蘇雪林與謝冰瑩，在她們鼓勵下寫出〈金盒子〉投到中副，那是一九四九年五月，這篇文章成為她與先生的媒人，李唐基因欣賞此篇而寫信給她，兩人因此締結良緣，丈夫是她的文學知己及支柱。之後還有《飄零一身》等散文，原本寫散文的她在《明天》月刊主編的杜衡之的建議下，寫出短篇小說〈姊夫〉，成為《文壇》月刊創刊號的第一篇小說，可以說她初入「文壇」是小說與散文並重，後來散文的成績太亮眼，而至掩蓋小說，至九〇年代以《橘子紅了》再攀寫作高鋒，小說再被注意，所以他不完全是散文家，也是小說家，創作超過半個世紀，廣大流行。

出道晚，成名也晚，〈金盒子〉在一九四九年刊出，一九五四第一本散文小說合集《琴心》才出版，那時她已三十八歲，第一本書即獲好評，銷售成績也不錯，柳綠隨即時在《中國一周》評〈梅花的化身——琦君〉。第一本散文集《溪邊瑣語》一九六二年出版，她四十六歲，而開始引人注目的是一九六三年的《煙愁》，這時已近五十歲，是一個成熟母親書寫對故鄉母親的懷念，這種雙重母親的形象已經確立，彷彿她從未年輕過，大家對她早年的生活與內心世界較無從理解，尤其是戰爭時期與戰後到初來臺的生活。這在她早期的作品《琴心》、《百合羹》、《菁姐》有些微吐露，但琦君以散文成為大家之後，早期的研究一直在懷舊與母愛之間徘徊不去，這在九〇年代才有轉變，琦君的論文可說是現代散文研究的顯學，數量之多之精可謂奇觀，中央大學成立「琦君研究中心」，大陸二〇〇一年在溫州成立「琦君文學館」，可說自有琦君，即有臺灣懷舊散文，也即有女性散文研究。

她從四〇年代出發，五〇年代崛起，六〇年代成名，說她是四〇、五〇、六〇年代皆不恰當，因為她的〈金盒子〉發表在四〇年代，比林海音、潘人木早，年紀也略長於她們，況且從一九四九年到一九六三年《煙愁》出版中間長達十四年，她的文學活動十分活躍，與林海音、鍾梅音、沉櫻的交遊密切，及受《中央副刊婦與家庭版》主編及《文壇》主編劉枋欣賞而邀稿，從一九五〇年到一九五三年連續在《婦週》刊載十二篇散文，然後收在《琴心》中；還有她初任書記官擔任司法行政部編審，曾編寫一套受刑人訪談及教材；另一九五三年張漱函編第一本女作家選集，她為此創作短篇小說〈梅花的蹤跡〉；小說集《琴心》、《百合羹》也在五〇年代出版。

因此陳芳明定位她為五〇年代，張瑞芬定位她為六〇年代作家皆有失準，確切來說琦君是戰後初期作家，或第一代來臺女作家，而且是跑在許多作家前面。

琦君的研究史可看出文學典範建構的過程，尤其是散文家，她如何從一個擅寫鄉愁與母親的能手，變成「我是讀您的書長大的」[1]的散文經典，影響年輕與其後作家，成為從七歲到七十歲都能讀的作家，並享有文學史上難以取代的位置，確實值得探討。

溫柔敦厚——抒情美文的典範

散文這文類在文學的地位極為奇特，它是古文的再革命，中西的混血兒，曾是漢文學的主流，而後在詩與小說的夾縫中求生存，它的另一面是雜文亦即知性散文，在琦君之前的在臺散文大家如梁實秋即以小品文名世，他所服膺的新古典主義，是反五四的浪漫主義與抒情傳統的，他強調「散文之美，美在簡單」，大力提倡六百字的小品，因此也造成專欄方塊文章廣大流行，但在同時林海音、張秀亞、胡品清的抒情美文更為深入人心，徐志摩、朱自清的散文也頗受讀者喜愛，他們的作品率先被選入國文課本與現代文藝課程中，而琦君的作品雖較晚選入，卻是重要參考書，與中小學生重要課外讀物，對於琦君的重視先是教育工作者與讀者，然後才是評論者。

跟其它文類相比，早期散文的研究也晚於其他文類，一直要到七〇年代，才有專書討論大陸早期的散文家如周作人、朱自清、徐志摩、林語堂、冰心等人，多以文學史或集團的概念簡單劃分，彼時還在戒嚴時期，左翼作家如魯迅、茅盾、巴金等人鮮少人提及，戰後女作家最常被提及的是潘人木、謝冰瑩、蘇雪林、孟瑤，蘇的〈綠天〉是較早被選入國文教材中，然後是鍾梅音，琦君算是晚的。

琦君的作品在六〇年代才真正受到注意，李豐楙《中國現代散文析論》選入當代十大散文家，並提及「琦君此期內的散文，成就頗高，凡有《溪邊瑣語》、《煙愁》等，敘事體物，平實動人，所寫多追憶往事，親切而有味，逐漸奠定其散文家風格」，較為早期的研究（一九五四至一九八五）收進隱地編的《琦君的世界》中，此書的訪談記錄及單篇及單本作品評價，或從作家與作品風格關係討論，或從散文與小說文類角度切入，或從他家談起（如與朱自清作比較），似是歸為承襲朱自清（五四傳統）或溫柔敦厚文風之肇始，誠如李又寧所言：

> 技巧不是琦君成功的主要因素，技巧靠努力是可以學到的。琦君具有學不來的秉質，那是他的真摯敦厚。她的文章自然生動、細膩婀娜，充滿了對世人和萬物的關愛。在人海，她隨處尋覓溫暖、記述溫暖、散播溫暖和慰

安。[2]

另外思果強調她的人情味，尤其是寫母親「活在紙上，使我們如見其人，如聞其聲」，[3]對此初步建立琦君文學評價的基調，即「真摯敦厚」的文風，及書寫母親之生動感人。這是一九七五年，緊接著一九七六年鄭明琍《現代散文縱橫》中《琦君論》一節提到：

琦君是典型的閨秀作家，繼承冰心以降的抒情傳統，在感性散文掛帥的今天，她抒情的風格，仍為大多數女性作家所依承。而她，跨越了戰前與戰，不論在抒情散文的成就及時代上的意義，都是最有代表性的人物。

鄭是較早有系統研究散文理論與美學的散文作者兼研究者，她的「散文三書」幾乎是早期研究散文必讀的一套書，雖然結構與理論較為單薄，但在「重男輕女，偏中輕臺」的嚴選中，獨立一章討論確是開風氣之先，她肯定琦君對人物的刻劃，其中尤以母親最為成功，她又指出其成功的因素：敏銳的感受力、真摯的情人眼及大家閨秀的風範、豐富的舊經驗、迅捷的聯想力與判斷力、純熟的文字技巧及清明的知性。她提出的優點可謂總結前人之說，但她也指出其侷限：如敘述往事時，常加以詮釋，反造成畫蛇添足的結果，又如琦君在書名上已能留意文字之錘鍊，若能擴展至文章中的文句、結構及文意的含蓄內斂上，想必會更上層樓。這些「建議」可能就是琦君為文的特色，很難說是否有用。何寄澎則觀察到臺灣散文中的女性描寫雖以母親為大宗，但認為琦君的不同在於「琦君的母親勤勞、節儉、容忍、慈祥——傳統中國婦女三從四德之集於一身；比較特殊的是，終其一生似乎未得丈夫之愛情，故在其平和優美形象的背後，其實充滿悲劇色彩。」[4] 琦君筆下的母親不僅是她寫作的主軸，就像永遠解不開的心結或情結，也成為她的獨門功夫。因此夏志清給予琦君極高的評價，他把〈一對金手鐲〉與魯迅的〈故鄉〉相比卻沒有他的灰暗色調，又說：

我以前曾把琦君同李後主、李清照相比，現在想想，她的成就，她的境界都比二李高。二李只想到自己的處境，自己的哀樂，胸襟實在太狹小。

夏志清一九七四年在《書評書目》第十七期上看到彭歌〈琦君的《煙愁》〉這篇書評後，也就忍不住要把自己想說的話寫成一封信，發表於《書評書目》的下一期。他在信裡把琦君同古今四位名家（三位是女性）相提並論：

琦君的散文和李後主、李清照的詞屬於同一傳統，但它給我的印象，實在更真切動人。詞的篇幅太小，意象也較籠統，不能像一篇散文這樣可以暢表真情。第一流的散文家，一定要有超人的記憶力，把過去的真情實景記得清楚。當年蕭紅如此（她的回憶錄《呼蘭河傳》是現代中國文學經典之作，實在應該重印），現在張愛玲如此，琦君也如此。[5]

夏志清品評作品常有慧眼，有時至神，把琦君的作品地位置於二李之上是否恰當？在王國維人間詞話中，李後主被視為神品，其作品與基督之「血書」

稱之；李清照前後期作品各具風格，李後主亦然，所謂大家至少應具備幾個條件：一承先啟後，二，多樣風格，三、作品水準整齊，不至參差不齊。在七〇年代可說是琦君聲望攀至最高之時，但都集中在散文的討論上，在此之前她寫出她最完美最成熟的散文《煙愁》、《紅紗燈》、《桂花雨》、《三更有夢書當枕》、《青燈有味似兒時》，這五書是琦君散文最豐富也是最成熟之作，莫怪當時的評價這麼高，之後她的風格更加確定，而題材難有所變化，然楊牧認為她不變也是優點：

琦君是不刻意求變的，惟以不變應萬變，竟數十年於茲，還能勝過粞粞惶惶的散文家，這可證明她的原始面貌最正確……琦君以她的敏感和學識做她文學的骨架。洗練的文字佈開人情風土的真與善，保守自持，為這一代的小品文樹立溫柔敦厚的面貌和法則。[6]

從承襲到風格的確立，而成為散文的法則，這個過程並沒有太久，風格到

不想多寫，固然有人稱讚妳的溫柔敦厚，但是，也有人因此批評妳的文章因為過度的溫柔敦厚，筆下常成是非不分的菩薩心腸。妳對這樣的評論同意嗎？或者有不同的看法？是不是老一輩的文人比較重視社會教化的功能的緣故？妳是不是認為文學思維的啟蒙事小，人生態度的導引事大？

琦：我接受，我也承認、也曉得老是寫好的一面，天底下哪那麼多好事情呢？可是我覺得，社會上壞事情已經很多了，所以為什麼不把好的一面表現出來呢？有些朋友也會問我：「妳每次都寫好的，那妳自己不是也會生氣？妳生氣說話不見得都是很客氣、很文雅的啊！」我現在經驗多了、體會深了，我想如果我再寫，也會把壞的一面寫出來。不過我先生就講：「算了吧，妳這麼大年紀，還去寫壞事情。」所以，這恐怕是很難的，因為這筆已經成習慣了，寫好的寫慣了，一寫，心裡想到的都是溫馨的。

這一段問答，似乎解答一些疑問，但也引來更多疑問，尤其是琦君喃喃自問：「難道不是這樣的？」「難道真的一再重覆？」，琦君的錯愕顯然從未想過這些問題。

舊箱子也是金盒子——傳統底下的個人才華

做為理解琦君文學人品特質的捷徑，這邊或許有兩句話很值得參考，一個就是琦君在〈浮生半日閒〉裡的自述：「坐在一口舊箱子上，什麼都不用力看，是藝術的最高境界」；[8]另外一個則是楊牧在〈留予他年說夢痕——琦君的散文〉中對琦君的點評：「永遠是無害的淺愁，不是傷人的哀嘆……時常能於筆端瀕近過度之前，忽然援引一句古典詩詞，以蒙太奇的形聲交錯，化解幾乎逾越限度的憂傷，搶救她的文體於萬險之中，忽然回頭，保持琦君散文的溫柔敦厚，而且更博更廣。」[9]

在琦君的自述中，舊箱（鄉）子作為一種象徵，同時聯繫兒時生活的物質記憶，原鄉追尋與文學傳統等細節的描述，而「不用力看」，因為不只是一切需要看的，都已經在這口舊箱子底，也因為用力看未免過於刻意，少了一點細緻、含蓄與不經意的情趣，有趣的是，這個人與傳統的關係，也以換句話說的方式出現在楊牧口中。

顯而可見的是，楊牧在這邊透過琦君也同時偷渡了他個人的文學觀，對文學家的自我期許，如何透過傳統與個人才華建立避免庸俗與絕望的堡壘，如同樣也是新批評重要推手的現代主義詩人艾略特，在他的經典評論《傳統與個人才華》中提到所謂的經典，即是「傳統底下的個人才華」的還魂與肉身展現。作為一名詩人，一個人才得以終日徘徊佇立於河畔邊，而不被視為棄人怨婦；作為一名繼承文學傳統的詩人，這名流連忘返者才有機會在墜入河流深淵之前，被傳統一把拉住。

大傳統的歷史底下有它才華洋溢的小個人，但才華洋溢的小個人也有自己生命的大傳統，夏志清認為琦君終其一生都在寫一本「巨大的回憶錄」，[10] 用琦君自己的角度來看，自己的過去與傳統的養成，是一口不多不少恰好接近滿足心靈所需的百寶箱，不足處只需要稍微往外「不用力看」。而對於楊牧來說，透過傳統的授權與保護，琦君的落寞憂鬱，始終微妙的擺盪在剛好的振幅規律裡，只要一有危機，傳統就會伸出援手將其化解。

琦君的第一口「舊箱子」，是關於故鄉與童年初始經驗，陳玉玲以精神分析的手法，分析了琦君對於童年烏托邦的想像與期望，她認為琦君的故鄉根植在童年之中，無男女性別之分。為了長保清新，琦君有能力將童年自絕於憂慮、烽火之外，也「與成人的世界隔絕」，「童年獨立的時空，在琦君的筆下，得到最佳的詮釋」。鄭明俐的《一花一木耐溫存》裡頭對琦君的家庭、成長背景，文學啟蒙與授業的過程作全面性的介紹，以此來稱琦君「寫作出書，活水不斷，不事雕琢，新舊皆通」的根源，來自這個被愛與關懷包圍的童年與成長經驗，兩人的文章互相補充，在理論與傳記研究上，不約而同的提供了作家生性溫暖的原因。

沿著這層心靈上對作者的理解，在童年的獨立時空中，故鄉與故鄉人事物，類似一幅和諧有機的田園景象。姚皓華跟楊俊華兩位學者，不約而同的以「思鄉懷人」或「懷舊散文」為題，開展對琦君的研究，翁細金《琦君散文的一種解讀》與仲文婷的《論琦君散文的小說化書寫》，則分別依照這個懷鄉懷舊的主題，再往下去探討作者本身環繞著緬懷這種心境，所發展出來的情緒轉折與文學技巧，此二人分別對於琦君在「懷舊是其心態的物化」與「兒童化視角」、「語言動作的戲劇化」等論述上，皆有不錯的評價，對於琦君文字在評論上的美化現象，多少也有持平而論的功能存在。另外在《台灣文學與中華文化地域研究》[11]一書中，作者特闢專章討論琦君記憶與書寫中，富有吳越文化色彩的江浙文學地誌，裡頭特別提到琦君對於傳統農村文化受到城市摩登文化的入侵，所產生的傷害，並闡述吳越文化的文學共性在琦君作品中展露的痕跡，是臺灣學者較難從事的研究題目。

而林秀蘭則是少數幾位將琦君的作品，代入離散書寫的脈絡去觀看的作者，其在論述的過程中同時涵蓋琦君播遷來臺，與赴美定居兩次的離散經驗，並從這種西方論述的程序中，引伸出琦君的離散經驗最後將從「花果飄零」引渡「靈根自植」的中國精神，其論述的邏輯為中體西用，似乎也同樣在暗示，即便是透過西方的理論來覺察離散者的生命處境，可是回到心靈故鄉的契機，還是要回到自我經驗中曾熟悉的文化語言，與結構情感的重新獲得。可惜相關研究後繼無人，該文已無法妥善回應當今的時空狀況，而離散書寫的定義與價值，也在這些年來不斷受到質疑與重新修正。

琦君的另外一口「舊箱子」，來自傳統的古典訓練，與五四美文的流風餘韻，朱嘉雯在其文中提到，一九四九年後，留在大陸的作家，由於經歷文革的摧殘，被迫在精神與學養上完全與五四文化斷絕關係，轉向文革文學與傷痕文學的路子發展，但在舊學的基礎上，完全無法與五四文人相比。反觀大陸隨國民政府出走臺灣的這批作家，如冰心、聞一多，林語堂或凌叔華等人，不僅保留五四文人的國學基礎，對外文更是見多識廣，博學強記。而琦君作為一位後進，常被拿來與冰心比較，兩人對歌頌母愛的不遺餘力與餘緒關係外，也同樣間接的點到了兩人皆受過紮實的古典訓練，並加以現代化的相同特徵。

詞人之眼——不用力看的關鍵

另外就「不用力看」的部分，林文月在《詞人之舟》的序中，特別提到琦君對品詞的觀察敏銳，見解敦厚獨到，也提到她本人即是一位極好的詞人，齊邦媛在其文一開頭就寫道：

> 中國古典詩詞的許多鉅子在琦君的文章裡早已了。大多數寫「純散文」的人都有詞窮的時候，琦君腦中卻有無數詞句在緊要關頭帶著彩筆來，給她的龍「畫上眼睛」。[12]

齊教授對琦君的讚譽，與楊牧對琦君的觀察似乎不謀而合，不過有些不同的是，除了跟楊牧一樣贊同傳統對琦君生活與創作的影響及幫助，她也特別從女性的角度觀察到，這種傳統的繼承不見得一定都是為了化解憂傷這種大題目而來的，所謂詞的現代化，在實際的執行過程與讀者的交流中，也可能等於是詞的生活化，熟悉古典傳統的琦君在做的，也許不是將自己的現代小說散文創作給詩詞化，而是將具有傳統文學思想的詩詞給生活化、散文化，而這種「不露痕跡地現代化」過程，也許就是琦君「不用力看」的秘訣偏方。

琦君曾在與學生[13]的電話訪問中，回答過她為何不再觸碰可能產生爭議問題的創作題材：

當年我寫這些社會寫實小說，大致上是以我周遭所能接觸的人事物為素材，試著改變我的寫作風格；不料作品發表後，有些同事認為我寫的就是他們，有些甚至認為我有意醜化他們，使我在心裡上受到極大的壓力。此外，評論家。出版者，沒人給我絲毫鼓勵，我感到相當氣餒，就沒有勇氣再繼續寫這類作品。

不論評論什麼人物，我們都必須先承認兩個預先存在的問題，一個是每個人生命所能夠改變的軌跡，都有它一定的範圍與限制，另外一個就是，人無法完全活在他人的期許之中。琦君曾為了自己沒有活在他人期許之中，而感到挫折，而現在我們也因為琦君沒有活在我們對她的期許，而感到遺憾。

如同萬物一體的兩面，「不用力看」也會引來不同的看法與評價，從夏志清的「琦君今生也休想拿到諾貝爾獎」、[14]「思想貧乏」，到李今的「對無名份的威脅這種人倫秩序的戀人之愛絕少觸及」。[15]甚至是楊牧的「古典的節制」，[16]這些都是在文本的內在基礎上，對琦君所做的評述；而在性別國族或文學史定位這些外在的議題上，就五四傳統的脈絡，琦君在與她同時代的女作家（尤以林海音作為對象）的比較上，也因為這個「不用力看」的特質，與林海音有別，王小琳以青春家國為題，將琦君的懷舊散文歸類到「文化傳統的眷戀」，[17]與林海音的「人間世相的洞察」有別；無獨有偶，應鳳凰[18]也將兩人的鄉愁以「一種鄉愁兩種色調」定位，這些都跟琦君「不用力」的特質有關。

在（女）作家被論述化的過程中，她的身影究竟是正相還是背影，是清晰還是更加模糊？陳芳明的《在母性與女性之間》[19]反映出這種焦慮，他在左翼文學與後殖民論述的基礎上，將琦君等人的作品，部分歸類到反共文學時期中，並以女性意識含量與現代化等基準，去檢視她們的成就，想當然爾在這種大悲無情的架構下，琦君的文學地位一定不會太高。梁峻瓘[20]的文章以意識形態、文類的困擾還有歷史分期三個軸線切入，探討琦君在臺灣文學史上的身分地位，始終徘徊在「留名」跟「不應只是留名」的狀態中，琦君的文學定位不是轉向過度就是不足，始終難解，多少也顯現出這種「不用力看」的蒼白的焦慮。承上所言，琦君的「不用力看」的個人性情與特質，似乎是她成為讀者愛戴，也受到學院肯定其在傳統精神繼承與轉化地位的重要因素，然倒回去看，許多的批評也都是因為這樣的文字與人格特質而起。

如同應鳳凰[21]所言：

也許琦君與林海音等戰後初期臺灣女作家群，寫作時不一定意識到「性別」與「家國」這類後人為了做文學研究才給安上的學術名詞。與其說是「家國」，不如說是「個人」之上更大的「社會制度」或「封建文化」；與其說是「性別」，不如說是她們身為女性，歷經五四新思潮洗禮後，對中國儒家傳統文化裡重男輕女的觀念有所不平。

過去二十多年來透過西方各種文化研究的影響，對臺灣文學史研究所帶來的論述化轉向，對於我們瞭解與反省自己的文學歷史、還有棲息在其底下的弱勢與差異研究有莫大幫助，可是文化政治在實踐自己理想的過程中，難免也會造成文化政治化的後遺症，傳統的典律化、後殖民論述還有女性主義，在重新去確認個體、異質、容忍，甚至是文學內在研究價值的今天，似乎有它們需要重新去作細部調整與修正的地方，因為文化研究如同倫理學的首要基礎，正是建立在實務之上，可是文學卻又不同於政治學或社會學所研究的實體對象，文學創作應該被保留更多的政治不正確性與反動力，作家的天真、侷限與錯誤，也應該一併被當成珍貴的創作副產品給保存下來。畢竟一般人無法超越同時代的最傑出者，而最傑出者則無法超越他自己，結論就是人無法超越他自己所屬的時代與經驗才華的限制，或許我們在批判的同時，也可撥出一點空間來思考，將作者與其作品視為時代、傳統與個人三者結合後所生成的產物，而其作為，無論是改革或是反動，都是針對實際需要而發的，由這點出發，在各種意識形態上去某程度地肯定個人的選擇與限制，如此或許更具有文學意義。

從母性到女性——身世之痛與女性意識

最早提出琦君散文中的女性形象的是何寄澎，但他的焦點是母親，並指出「終其一生似乎未得丈夫之愛情，故在其平和優美形象的背後，其實充滿悲劇色彩」，這樣的心聲終於慢慢浮出水面。

被定位為散文家的琦君，歷經數十年，讓人忘記她也是小說家的身分，直到一九九一年發表中篇小說《橘子紅了》，這本蘊藏著她身世秘密的散文化小說，多了一點表白傳統女性痛苦的悲哀，寫活了怨婦的心理，裡面的大媽與秀娟的關係活脫是大伯母與琦君的再現。可惜起初並沒引起研究者的注意，她自己一九九八年散文集新版《桂花雨》中的代序〈大媽媽敬祝您在天堂裡生日快樂〉中吐露她的身世：

我忍不住要向親愛的讀者吐露一件心事；數十年，我筆下的母親，其實是對我有天高地厚之愛的伯母。我一歲喪父，四歲喪母，生母於奄奄一息中把哥哥和我這兩個苦命的孤兒託付給伯母，是伯母含辛茹苦撫育我們兄妹長大的……奇怪的是，我竟一直喊她大媽，沒喊她一聲媽媽。[22]

二〇〇一年《橘子紅了》改編為連續劇，因製作精美，編導演美術皆表現突出，引起廣大迴響，並在對岸也得到重視，這一年「琦君文學館」在她的故鄉永嘉成立，她也參加開館典禮。

從此我們得以明白《橘子紅了》的另一層意義，那是女性與女性作家的壓抑與沉默，懺情與告白，大媽多想擁有自己的兒女，而作家多想喊她一聲媽，而竟不能。其實琦君的身世對親近的文友並不諱言，只是她一直奉養著二姨娘，更疼愛三姨娘的女兒潘樹珍，因為怕她們傷心而選擇不寫或曲寫、暗寫，這是她為人厚道之處。

但女作家的壓抑與空白不也是女性經驗的實情，且是女性的反書寫？在這點上是深具女性意義的，她不僅是個母親，還是女兒，不僅是作家，還是人。

此後的研究顯得多元，一是傳記的研究，陳瀅如碩論《琦君兒童散文的傳記性》著重其散文的真實與自我描寫；又如林鈺雯在其碩論《琦君散文的抒情傳統》中涉及琦君身世的新角度並對李唐基先生作訪談；宇文正的《永遠的童話——琦君傳》因多次接觸與豐富的一手資料，讓我們對琦君的生命有進一步的瞭解，讓我們知道琦君獲得的愛並不多，但她對伯父母的孺慕之情的真切與炙熱。而女作家創作之初十分艱辛，李先生對妻子的支持令人感佩。

另一角度是女性的，較早提出她的女性意識的是一九九六年陳玉玲在《女性童年的烏托邦——童年的烏托邦（琦君部分）》，把琦君歸為停留在童年烏托邦的女性：張西燕的碩論《琦君小說中女性意識書寫研究》，以女性意識書寫的表現為研究主軸，藉由「女性主義」的觀點，重新對琦君小說有更深一層的探索（二〇〇六）。

另一是研究《橘子紅了》衍伸出的小說與影像研究：如張林淑娟碩論《琦君〈橘子紅了〉敘事美學研究》，偏重琦君在小說創作美學上的藝術技巧（二〇〇五）；另林致妤碩論《現代小說與戲劇跨媒體互文性研究——以〈橘子紅了〉及其改編連續劇為例》分析〈橘子紅了〉從文學文本到電視電影影本，轉換過程所引起的跨媒體互文現象（二〇〇六）；又王琢藝碩論《舊時代的棄婦輓歌——琦君小說〈橘子紅了〉》研究〈橘子紅了〉人物內心世界以及探索琦君的思想，並藉此反省性別歧視、人權與倫理與女性立場的侷限，以釐清自我的概念與價值。又廖雅玲碩論《〈橘子紅了〉女性意識研究——以小說與電視劇為文本的考察》以女性主義的角度切入，歸納分析小說與戲劇文本之間的人物特色、情節發展，以探討兩種文本之間女性意識的內涵。

另一是其小說研究，如陳雅芬碩論《琦君小說研究》研究琦君小說作品的內涵、藝術和旨趣（二〇〇二）；又王怡心碩論《琦君小說主題內涵與人物刻畫研究》，研究琦君小說中主題內涵，與人物刻畫的意義與價值，及其「小說家」的地位。這些研究都圍繞著主題思想之嚴正、風格之溫婉、修辭之完備或新批評或文學史傳記之研究為主。

然琦君的自我書寫與女性主體性的建構有關女性的我是大寫的我，如同 Bell Gale Chevigny：「女性有關女性的寫作是對她們與母親的內自關係的象徵性的再現，在某個程度上是再造自身。」女性重構自我的過程有許多路徑：

一、自我命名：如自我命名為「琦君」，語自「稀世之珍琦」，跟她的身世成為對照，或在文章中總以小名「小春」出現。

二、家族：對家人或家族史的敘述。

三、紀念物：具有生命意義的物品，物品作為連結生命的入口。

四、愛情：偏重於女性在情愛關係中被壓抑的一面。

另外值得注意的是「童女與樂園」這在女性書寫上特別具有意義，如蕭紅《呼蘭河傳》、林海音《城南舊事》，皆描寫童女與一座花園／老宅／後院的故事，是女性未分化前的完整與圓滿狀態，它們具有共同的特色：

一、年齡的停滯與倒退：如《呼蘭河傳》中的小女孩，《城南舊事》中的英子：及琦君散文中的小春，年紀都在八、九歲，這可能是一個女人感覺最完滿自足的前青春期，由此純真之眼對照世故的大人世界，更顯出強烈對照。

二、母女一體：有關琦君的女性意識多集中在此討論，與冰心聯結也因此之故。

然而琦君的書寫具有女性意義的還有女性生命的聯結與擴大，表現在：

一、姐妹情誼：如〈一對金手鐲〉描寫的，還有〈與友人書〉中存在於同性之間的關懷與同情。

二、同情弱小：不管是小動物或可憐的社會邊緣人與勞動者。

三、泛愛：對於萬物有情之描寫。

更值得注意的是「女性的空白」，也就是她選擇不說，或隱惡揚善的部分：

一、戰亂與流離：琦君不僅經過戰亂流離，且在戰亂中喪失伯父母及兄弟，又與夏師、龍師之情誼，尤其與二姨娘及三姨娘的女兒一起來臺，相濡以沫的生活甚少見諸文章。

二、身世之痛：她一歲喪父，四歲喪母的身世之痛直到上世紀末才提及。

三、情愛之無言：琦君甚少描寫男女情愛，對浪漫之愛具有排斥心理。

綜而言之，琦君也許女性意識不強烈，她的作品卻具有女性意識。琦君的研究還有許多空間可以探索，女性的無言與空白恰是她的潛意識海洋。

文學史的地位——所謂閨秀散文

沒有一個散文家喜歡這頂帽子，一但被套上「閨秀作家」這封號，似乎也被驅逐進不見天日的場域。

從五四到戰爭時期的女作家，出走的出走，當兵的當兵，革命的革命，戰亂流離，輾轉來到臺灣，不要說閨房，連安身之地都困難，早已沒閨房的東西，何來閨秀之名稱？現代女性大多要自立自強，更別提現在的房價，連套房都別想，何來閨房？追溯它的起源，是封建時期男性作家區隔女性作家之詞，在現代變成一個不合時宜粗率任意且帶貶抑的名詞。

琦君在納入文學史的過程，也跟這個名詞糾纏不休。

早在葉石濤的文學史歸納中，琦君的名字出現於一群五〇年代女作家中，並帶著批叛的眼光，指其為「把白日夢當作生活現實中所產生的文學，乃壓根兒跟此地民眾扯不上一點關係的文學」；尹雪曼《簡明臺灣文學史》，將琦君、張秀亞、胡品清並列，強調她的「中國味兒」；陳芳明《台灣新文學史》初構中，也納入五〇年代的論述中，稱她為「五〇年代以來最富有母性的散文家」；邱貴芬《日據以來臺灣女作家選讀》並未收入琦君的作品。在導論中將七、八〇年代的女作家作品稱之為「閨秀文學」，並說：「無論就政治批判或性別批判的角度而言，我認為『閨秀文學』的基進政治意涵都相當薄弱」，邱的論述強調政治批判與性別批判，其說法跟之前的男性（大敘述）中心並無二致。蔡玫姿的博論《「閨秀文學」：風格衍生探討及相關文本舉隅》討論閨秀文本，以琦君為代表之一，認為閨秀文本與現代主義文本的差異與矛盾。

大陸方面，白少帆等編輯的《現代臺灣文學史》、古繼堂編輯的《簡明臺灣文學史》等作品中，除了單純提到琦君的名字，且有作家及作品的評述之外。一九九三年福州海峽文藝出版社出版的《臺灣文學史（下）》中有一節討論〈余光中、琦君與六〇年代的散文創作〉；一九九四年她的作品入選北京現代文學館策劃「臺灣當代著名作家代表大系」叢書，其餘代表作家有林海音、黃春明、林文月、張秀亞、彭歌、徐鍾珮等人，一九九九年方忠編寫《百年臺灣文學發展論──從空疏到勃發的散文》中有「琦君部分」，同年劉林紅編寫《女性寫作：文學話語的別依系統──繁花似錦．新蕊吐秀》中也有「琦君部分」，這兩部書同為《百年中華文學史論：一八九八至二〇〇二》，可謂主流的主流，中心的中心的論述，企圖將琦君納入大歷史中，其他散篇的論文焦點與臺灣早期研究並無不同：懷舊、思鄉、母親等探討，褒的視其為「善與美的象徵」，貶的視其為「不食人間煙火」。二〇〇一年之後，《橘子紅了》轟動兩岸，引起學者研究關注，二〇〇二年琦君應中國北京人民大學之邀演講，二〇〇五年廣西師範大學出版社推出《中國女性文學讀本》，收錄中、臺、港、澳主要女作家作品，臺灣女作家有琦君、張秀亞、三毛、袁瓊瓊、蘇偉貞、成英姝等入選，大陸的研究也緊急追上。

一九九九年由文建會主辦，《聯合報副刊》承辦的「臺灣文學經典研討會」選出三十本「臺灣文學經典」，其中入選的散文家有梁實秋、王鼎鈞、陳之藩、琦君、簡媜。這是琦君正式進入典律討論的開始，到「琦君研究中心」成立，她在學院已有相當的地位。

二〇〇四年琦君與夫婿回國定居，二〇〇五年中央大學成立「琦君研究中心」，二〇〇六年琦君過世，中央大學研究中心隨即在二〇〇六年舉辦兩場琦君研討會，後來發表的論文結集，由李瑞騰主編《新生代論琦君：琦君文學專題研究論文集》與《永恆的溫柔：琦君及其同輩女作家學術研討會論文集》，這些論文較值得注意的是，文學史的討論與作家定位，其中值得注意的是封德屏〈遷臺初期文學女性的聲音——以武月卿主編《中央日報婦女與家庭週刊》

為研究場域〉試圖為五〇年代女作家發言，認為她們也是不脫現實的在地書寫：

這些身處在五〇年代「反共」氣氛下的女作家，她們從來沒有忘記「國仇家恨」，但是她們用一支自由的筆，自自然然地寫下她們的所思所感。容或有懷鄉，容或有反共，對這一群離鄉背井的年輕女性（大多二十多歲三十歲）來說，也是呈現個人真實的的經歷。最可貴的，閱讀她們的作品，絕少怨天載道的追悔與憤怒，而多是面向現實生活的在地書寫。23

遷臺女作家放在流放與離散，逃與困的脈絡下談也許較恰當，如王小琳〈青春與家國記憶——論五〇年代大陸遷臺女作家的憶舊散文〉中所言：

女作家們的憶舊書寫，從最親近的身邊事物出發，格局雖小，卻最貼近人情人心，又能穿過憶往懷鄉的表層，觸及生命的省思與覺察，具有超越時地的普遍性，且以各具風格的語言形式，為這一種主題類型留下典範，而

> 這正是在臺灣這塊土地所蘊育出的美果。如果能肯定五十年來臺灣文學是一個多姿多彩，繁花似錦的園地，則這輩女作家的憶舊散文也是其中一枝花朵，以其豐美的藝術表現，領有一席之地。

這種開闊的文學史觀更適合強調多元的現代，海納百川，為何偏薄閨秀作家？詩與小說都早已去閨秀化，散文也該去閨秀了。

以目前研究的狀況來看，約有十幾本碩論，單篇論文較多。但論文的總體研究跟其他作家相比說來並不多，於是有人為她抱不平，「臺灣文學史對她不公——文學斷代難收編，總是漏了琦君」[24]、「文學史忽略琦君，學者抱不平」[25]的聲音相繼傳出。

在解嚴後，臺灣文學成為顯學，以承襲傳統的琦君一方面在國文教學上佔有重要的地位，一方面在臺灣文學史上卻不受重視，在臺灣本位的思考中，琦君的地位受到忽略，梁竣瓘認為造成這種差異的原因，一方面是意識型態作祟，琦君的反共語言不鮮明所以未被當時官方的文藝史所重視；她的作品又有懷鄉特色，也與臺灣本土文學史的強調重點相反。

琦君在文學史上的建構，學者的態度有褒有貶，大體來說琦君與五四的浪漫主義傳統不一定相扣，她也是梁實秋新古典一路，但她與五四的關係在「我手寫我口」的徹底實踐上，與冰心的相契在「母女一體」的女性主體的尋求。而張瑞芬在《琦君散文及其文學史意義》中指出她與冰心與五四並無多大關係：

琦君與冰心的散文，就她們使用的文學語言來講，並不相侔，前者口語，後者文言，這和她們所處時代相距十餘年有絕大關係，冰心雖出生於南方，然而整個成長時期都在北京求學，五四運動爆發那年，她正就讀協和女子預科。[26]

與蘇雪林一樣，冰心是舊時代中走過來，站在浪頭上（受五四直接啟蒙）的一代，她的散文質地以文言為底，優雅細緻，有時帶點文藝腔，為道地『美文』一路……這和琦君散文有極大差異，琦君散文平白如話，不重文言結構和句法，這和時代背景有關。相對於北方風氣之新潮，身處溫州南鄉的琦君，和冰心在青年時期所受的時代啟蒙是不同的。冰心出身海軍將領門庭，西化甚早，琦君在家學與師承，卻是她較為保守與國學傾向的主因，父親原本屬意琦君從大儒馬一浮為弟子，並反對她上洋堂，足見觀念較為保守（投考大學，琦君原本意在燕京外文系，父親堅持不允，故改入之江大學中文系）。

張的描述的矛盾在於，說琦君國學傾向，可是其為文卻口語，不如冰心文言，說冰心有受過五四影響，可是琦君卻出身更晚，應該更易享受後五四的果實；說琦君家庭傳統保守，可是琦君的父親與伯父都有留洋的背景，況且琦君在中文之外輔修英文，依當初琦君自我意願，是想上洋堂學外文的，家庭保守不等於個人保守，這些觀察與推論間的落差有待商榷。至於冰心與琦君是否相同，或琦君跟林海音，或冰心與蕭紅，則端賴研究者設定的框架與切入的角度才能作適當的觀察與評斷，在語言或出身上，兩人或有差異之處，然在愛與母性的描寫上，琦君確實與冰心有心靈共通之所在，如同她與林海音的關係從作者跟編者，作者與作者，到私交文友之間的相濡以沫，也有可以並談之處。

在散文上，新古典主義一直是臺灣散文的主流，從梁實秋到張秀亞、余光中、楊牧，都是或曾是新古典主義的信徒，它強調理性、典雅、自制與規律，琦君更多了一些佛教的感化，可說臺灣戰後的散文與五四是相矛盾與辯證的關係。

結語——女性哲思

許多人注意琦君作品的文學感染力，較少人注意她文中的哲思，佛化似乎也不能完全包含她的思想，她的思想跟喬治桑接近：

> 人總是常常寂寞，我也是寂寞的時候居多。可是這刻骨的寂寞卻常使我的心靈寧靜而清明，也因而懂得了溫厚。〈與友人書〉

人在一個智慧過高的眼光看起來，就像太陽裡滾滾的微塵，有時會顯得愚昧而可憐。但，那是連我們自己也在內。你不要太清醒了，太清醒，這世界就不值得再逗留。人世的愛、恨、恩、怨，以及榮譽、德性都將不復存在，努力也不再有任何意義，那就太空虛、太痛苦。那是連出家當修女與自殺都解決不了這痛苦的，我們又何必如此自苦呢？〈與友人書〉

另外她對人性的看法完全是正面的，就算經歷過身世家國戰亂流離之痛，在司法界也接觸許多受刑人，在監獄中她曾經遍訪他們，幫他們作記錄，並把這些訪問稿在監獄內部的刊物發表，她發現每個人的犯罪動機都有其可憫恕之處，她相信「人性都是善良的，沒有誰是故意要去作壞事，都是因為偶然的，特別的遭遇，才會產生犯罪的心態。」她的第一本書《琴心》還是監獄印刷廠印製的。所以她認為人性皆善，人不是神，所以不必看壞，也不看空，如果看空就出家算了，不如糊塗一點，「不用力看」：

但我總有一個信念多多向光明美好的一面，也可能產生神奇力量，扭轉乾坤，或可使不幸人間，峰迴路轉。〈悲憫情懷〉

喬治桑對巴爾扎克說：「你寫的是實際的醜惡面，我所寫的是我所希望實現的美好面。」我寧願服膺喬治桑的文學主張。〈應描寫美好的一面〉

她最迷人不是理性的一面，而是對於母親的非理性迷狂，對於紀念物的迷狂，已不能說是感性或抒情的了。

這裡區別了她與新古典主義散文的不同，他們建構的理性在象牙塔中，是理論引導創作，而琦君的理性與非理性是在人間煉獄中體會出來，實踐在她的作品中，這是「仁者」之道了。

*原載《臺灣現當代作家研究資料彙編12　琦君》

註

1 宇文正，《永遠的童話——琦君傳》序，臺北：三民，二〇〇六，頁二。

2 李又寧，〈談琦君的散文（上、下）〉，《聯合報》，一九七九年十二月二十九至三十日，八版。

3 思果，〈落花一片天上來——讀琦君女士的散文〉，《中國時報》，一九七五年十二月二十一日，十二版。

4 何寄澎，〈當代散文中的女性形象〉，收入鄭明娳主編《當代臺灣女性文學論》，頁二八三。臺北：時報文化，一九九三。

5 夏志清，〈雞窗夜靜思故友〉，《聯合報》，二〇〇六年十月三日。E七版。

6 楊牧，〈留予他年說夢痕——琦君的散文〉，《聯合報》，一九八〇年九月十三日，八版。

7 琦君，〈讀「移值的蘭花」——給歐陽子的信〉，《與我同車》，頁一八〇。九歌：一九七九，

8 琦君，〈浮生半日閒〉，《琦君自選集》。黎明文化，一九八六。

9 楊牧，原載《聯合報》，一九八〇年九月十三日，八版，收入琦君《留與他年說夢痕》序。

10 夏志清，〈現代中國文學史四種合評〉，原發表於《現代文學》復刊第一期（一九七七年七月），收入夏志清《新文學的傳統》（時報，一九七九）。爾雅版《琦君的世界》節錄部分，題為〈夏志清論「一對金手鐲」〉。

11 朱雙一，《台灣文學與中華文化地域研究》，廈門：鷺江出版社，二〇〇八。

12 齊邦媛，《詞人之舟》序。九歌。

13 林秀蘭，〈琦君的社會寫實小說——繕校室八小時〉，《文訊》，頁一一二。二〇〇三年十一月。

14 夏志清，〈現代中國文學史四種合評〉，原發表於《現代文學》復刊第一期（一九七七年七月），收入夏志清《新文學的傳統》（時報，一九七九）。爾雅版《琦君的世界》節錄部分，題為〈夏志清論「一對金手鐲」〉。

15 李今〈善與美的象徵——論琦君散文〉，收入《評論十家》，爾雅，一九九五。此文另作琦君散文集《紅紗燈》（李今編，長江文藝出版社）之編序。

16 楊牧，〈留與他年說夢痕——琦君的散文〉，原載《聯合報》，一九八〇年九月十三日，八版，收入琦君《留與他年說夢痕》序。

17 林文月，〈讀《詞人之舟》〉，《婦友月刊》第三三一期，頁十八至十九。一九八二年四月。

18 應鳳凰，〈五、六〇年代女性小說的性別與家國話語——比較琦君與林海音〉，琦君及其同輩女作家研討會，二〇〇五。

19 陳芳明，〈在母性與女性之間——五〇年代以降台灣女性散文的流變〉，琦君及其同輩女作家研討會，二〇〇五。

20 梁峻瓘，〈試論琦君的文學史地位〉，琦君及其同輩女作家研討會，二〇〇五。

21 同註18。

22 琦君，〈大媽媽敬祝您在天堂裡生日快樂（代序）〉，《桂花雨》，頁五。臺北：九歌，一九九八。

23 封德屏，〈還臺初期文學女性的聲音——以武月卿主編《中央日報．婦女與家庭週刊》為研究場域〉，《永恆的溫柔：琦君及其同輩女作家學術研討會論文集》，頁十七至十八。桃園，中央大學中文系琦君研究中心，二〇〇六年七月。

24 徐開塵，〈臺灣文學史對她不公——文學斷代難收編，總是漏了琦君〉，《民生報》，二〇〇五年十二月十六日，A十三版。

25 陳希林，〈文學史忽略琦君，學者抱不平〉，《中國時報》，二〇〇五年十二月十六日，D八版。

26 張瑞芬，〈琴心夢痕——琦君散文及其文學史意義〉，《永恆的溫柔：琦君及其同輩女作家學術研討會論文集》，頁二九至五九。桃園，中央大學中文系琦君研究中心，二〇〇六年七月。

女性自傳散文的開拓者

——謝冰瑩的散文研究與歷史定位*

自傳散文的發端與演變

在現當代散文中、自傳散文會演變為散文中的大宗，跟五四大家熱衷於書寫自傳有關，最早是正傳與準自傳，最後變成帶有自傳色彩的散文，他們從自傳或自傳散文中熱切挖掘自我的存在，勇於剖析自我，謝冰瑩即是其中的代表性作家。

從新文學初期，自傳書寫就很盛行。胡適有自傳，沈從文也有長篇自傳，徐志摩有〈自剖〉，剖完了還有〈再剖〉，在那個時代，是自我得到強調的年代。散文因大多以自我為出發，多少帶有自傳性質，自傳散文，即是指那些帶有自傳色彩全面描寫自我的散文。同時日記體與書信體也很多，如郁達夫一系列的日記與書簡，還有魯迅的《兩地書》，然這些文體看來都擴大了「我」的書寫，卻也有一些變形，如出之以小說，像魯迅《狂人日記》、丁玲《沙菲女士日記》，或指向客觀的報導，如以《從軍日記》出名的謝冰瑩，作為第一本作品，較接近報導文學。

然而，她一生不斷在自傳散文上挖掘種種可能，如抒情、懷舊、報導、追憶、速寫……，觸及各種自我生命書寫的可能，她不是最早的一個，卻是將此文體擴大，上承歸有光、公安派，承接盧騷以下的懺悔錄與告白體，並彰顯現代文學精神，尤其在女性書寫上，剛柔並濟，描寫女性之憂鬱與迷宮般的特質，可說是開拓者。

她的年紀比盧隱、冰心、丁玲小，但出名的時間相當早，一九二五年盧隱的《海濱故人》、一九二八年丁玲的《沙菲女士日記》震爍文壇，然兩者皆是小說；冰心的《寄小讀者》成書於一九二五年，謝冰瑩的《從軍日記》是一九二七年，驚動海內外，我們可以想像那短短幾年內，女性作家的發聲如此集中且激切，那樣的時代氛圍，可說是女性書寫的高峰，同為一九二〇年代的女作家，是新文學的先行者，謝的文學地位最不確定，也最為懸宕。

關鍵總是矛盾的，她最為可貴的寫實精神，可能正是她的致命傷，過度追求寫實的同時，當時代變異考驗作品的藝術性，我們會問她的作品夠文學夠藝術嗎？

自傳與自傳散文必須先區隔，前者是以自我的歷史為前提，故較全面；後者以自我的抒發為前提，是局部性的生命細節描寫。

若將「自傳」的英文AUTO-BIO-GRAPHY作拆字遊戲，意思更明白，AUTO——自我；BIO——生命；GRAPHY——書寫；也就是說，「自傳」是「自我生命的書寫」，凡是跟自我密切相關的事物，把它寫下來，就是自傳。依據《自傳契約》一書的界定，自傳在語言形式上以敘事為主；在文體上必須是散文；在主題上，以「個人生活或歷史」為主軸；在視角上，作者與敘述者及其中的主角，必須是同一人；在時間上，採回顧視角。不符合這些條件的，我們稱之為「準自傳」或「偽自傳」。從此標準來看謝冰瑩散文的諸多自傳，有些在書名上直接標示自傳（或日記，或回憶或懷舊，也是自傳散文重要的一種），最具代表性的即為《女兵自傳》，因此書之成功，流行廣大，作者因此擁有「永遠不老的女兵」之稱，它代表著新文學自傳書寫的典型，因其獨特性與流傳性，作者可能因此成為「永恆的女兵」。

女兵不老，作者的作品數量雖驚人，重覆的地方不少，尤其固著在童年與家族、逃婚與從軍這一塊，像迴旋曲般縈繞不已；中晚年到臺灣之後的懷舊文章仍以此為基底，在轉向純散文的書寫時，如重要代表作《愛晚亭》，文字變美，技巧更好，最動人的篇章仍在自傳與懷舊之間，她的生命圖象已然固定，讀者對她的印象也已固著，因此在研究上，傳記研究佔很大一部分，散文的美學也在她自言的「我為人處世只有三個字：『直』、『真』、『誠』，寫文章也是如此」[1]上一再探討，可說是特色，也是侷限。

在白話文要求「我手寫我口」的主張下，謝氏散文可說完全符合此美學要求，然「我手寫我口」不等於口語文學或大白話文學，五四若干文學可說走了一個偏鋒，謝的散文最上之作品如《女兵自傳》、《愛晚亭》就有極漂亮的創造語言，而其他作品有些較直白，這也是時代的痕跡。

作者早期作品集中在傳記的書寫，可說為傳記散文樹立良好的典範，因為其用心之深，數量之大，可說是當時少有的，這讓她在文學史上具有一定的地位。

自傳並非都以文學為目的，只有自傳散文強調散文的透明度、真誠與生動性，才能納入美文傳統。

謝冰瑩的作品多達七十幾種，其中有許多新版或增訂版，光《女兵自傳》就增訂好幾次，《抗戰日記》也有好幾個版本，評價頗高的《愛晚亭》與《我的回憶》讓女兵的熱潮再創高鋒，然自現當代散文研究興盛之時，謝冰瑩顯然是被輕忽的作家，研究的論文少到不可思議，議題也都在「直、真、誠」打轉，大陸的研究多些，大抵集中其「男性氣質」與「陽剛之美」的探討，並歸諸於湖南女性的特質，意圖把她收編為五四地方作家，與丁玲、白薇一路，而且因兩岸分隔太久，她晚期的作品與資料難尋，侷限於早期作品之研究，難以觀其全面。

其中大陸學者兼傳記作者李夫澤的研究較為集中，他自一九九九年發表第一篇謝冰瑩研究論文到二〇〇四年出版《從「女兵」到教授》，五、六年間先後在各類學術期刊上發表相關研究論文十餘篇，這些論文比較全面地串聯了傳主的生平、情感和創作經歷，傳主思想的逐漸成熟及前後期的轉變，傳主與「左聯」的關係，傳主在文學創作上的成就及對其具體作品的分析等。

這迂迴的研究如何回到現實，並納入臺灣當代的文學脈絡中，恐怕是後繼者要面對的問題。將此論文集中在散文的討論上，或許不夠全面，然她的散文成就遠勝於小說，會留下來的散文比小說多，為深入討論，僅就單一文類討論，小說研究只有等待來者。

女／兵——一種性別的解構

一般探討謝冰瑩散文的女性意識，都集中在拒絕纏足、爭取求學、追求婚姻自主、經濟獨立之上，當她選擇當兵作為出口，即突破當時女性的限制，女人作為軍人，去性別化為首要，軍事化的鍛鍊目的是讓受訓者成為最剛強的男人，這連一般男人都很難做到，更何況民間有「好男不當兵」之說，因此女人當兵只存在神話或特例裡。在字義上「兵者，兇器也。」（《國語．越語》）；「兵者，不祥之器。」（《老子》）；「兵者，國之爪也。」（《墨子．七患》），都指向殺戮、暴力之象徵。女人拿武器自古有之，然自女教興盛，女性纏足、守節、避門不出為首要規訓，女人為守節而斷手自盡者比比皆是。在嚴格遵守女教的家庭中成長，謝冰瑩藉當兵逃出女教的規範，也藉女兵此一身分翻轉女性的命運，更藉女兵的書寫改寫閨閣文章之纖細柔美，走向明朗剛健之男性文學傳統，亦即書寫中的她同時具有男性與女性的身分，當她穿著軍裝低頭寫作的身影照片傳出，其魅力可謂驚人，一個現代花木蘭，雌雄莫辨，簡直是神話的再現。這種以身分改寫性別與文學典範，具有多重文化與文學意義，這說明謝冰瑩其人其文在文學史上的特殊意義。這種閱讀可以林語堂為代表：

我們讀這些文章時，只看見一位年輕女子，身穿軍裝，足著草鞋，在晨光熹微的沙場上，拿一支自來水筆，靠著膝上振筆直書，不暇改竄，戎馬倥傯，束裝待發的情景；或是聽見在洞庭湖上，笑聲與河流相和應，在遠地軍歌及近旁鼾睡聲中，一位蓬頭垢面的女兵，手不停筆，鋒發韻流地寫敘她的感觸。這種少不更事，氣宇軒昂，抱著一手改造宇宙決心的女子所寫的，自然也值得一讀……這些文章，雖然寥寥幾篇，也有個歷史，這也可以說明，我們想把它集成一書的理由。[2]

女兵的身分在性別上是在男性與女性之間位移，在語言上則是多重的，尤其是日記體，它的讀者原來僅限作者本人，他人不得窺視，應該是封閉系統，卻因公開發行，而成為人人皆可閱讀的僭越者亦是窺視者；作者的血淚史改寫小寫的我成為大寫的我，因此她的文本不僅開放，而且可以再開放直至解讀暢行無阻，這是她作品魅力的重要來源。

作者藉日記書寫的軍中生活，經過近一個世紀，似乎失去了一些光環與魅力，這怎麼說呢？當寫實的意圖越強，事件時移事往，檔案資料也許比文學更真實：說明女／兵是種性別的解構，也可能存在一些幻象，再讀以下文字會受感動的不再是多數：

> 上午十點半鐘，帶著王雁虹，歐陽岑澈去六十師指揮部慰勞，地點在顧家村。張秘書宗騫因為我們不認識路，所以特地來嘉定南站接我們。
>
> 張秘書和陳副師長，都是以前十九路軍的老將，「一二八」抗戰時，我們在上海就認識了的，所以見面的第一句話，都是不約而同地說：

「我們又在戰場上見面了！」

談到抗戰前途，陳副師長說：

「我最擔心的，是沒有民眾來幫助軍隊，這的確是太危險了！全民抗戰是要動員全國的民眾，不論男女老幼，都要對抗戰有深刻的認識，有犧牲一切奮鬥到底的決心，才能爭取勝利，否則單靠武力是絕對不行的！「一二八」那次抗戰，如果不是民眾統統起來幫助我們，怎麼能支持這麼久？這回我們到前方來，情形與五年前大不同了，一個帶路的嚮導都不容易找，到處都是漢奸……。」[3]

這些文章可能是在倉促中完成的急就章，每篇短則兩、三百，長多至兩千，偏向印象似的報導或紀錄，因而得到這樣的批評：「……《從軍日記》，只是內容不尋常而已，如論文章的技巧，似乎是不相稱的。」劉心皇以「先驅者」之文壓過藝術性論之。[4]說其生動，只因她好寫對話也愛寫對話，散文中的對話原非必要，但在報導中往往成為警句或金句，這已過渡到小說的精髓，怪不得她能同時寫小說。

研究者因其真實而過度美化實無必要，如大陸學者徐永齡強調她的現實主義精神，「只要打開她寫於民族民主戰鬥激烈時期的文學創作，無論戰地報告、傳記文學、散文隨筆、小說創作，都會有一種強烈的時代氣氛撲面而來，使人彷彿置身歷史長河中，深切地感受著時代浪濤的波動，頓生一種歷史的開闊感與縱深感。」[5]她真正會留下來的不是日記類，而是自傳或自傳散文，她寫的自傳與擬自傳數量之大，同代人少有人可相比，其中以《女兵自傳》的成就最高，弔詭的是此書「兵」的書寫比例較少，而多為女／人的生命史，至此作者的創作能量才真正爆發，全書篇章經過設計，筆法也很講究，以超越「直」、「樸」的範疇，光是篇名就很吸引人，如〈痛苦的第一聲〉、〈未成功的自殺〉、〈外婆校長〉、〈被母親關起來了〉、〈入獄〉、〈饑餓〉……，文筆也很生動，用字淡雅，如〈紡紗的姑娘〉：

冬天在房子裡紡紗，有種種不方便，譬如母親為了省油沒有點燈，借著火光照耀，總是感到黑暗，背部也覺得寒冷；秋天的氣候既溫和，月光又特別純潔、清朗，再加以祖母講著牛郎織女、月裡嫦娥、王母娘娘……的故事，更提起了我們紡紗的興趣。有時故事聽得入神了，大家不約而同地停止了紡車，爭著問：

「結果呢？」

「結果呢？偷懶的小姑娘都停止工作了。」

祖母這個幽默的結論，引得大家都哈哈大笑起來。

悠揚的紡車聲，在夜闌人靜的深夜裡響著，恰似空谷的琴音；微風從我們的頭上輕輕掠過，還帶來了一陣陣花香。

沉醉了，我們是這樣沉醉在美麗的夜色中。[6]

與《從軍日記》相比，此書引人入勝的程度遠遠超過前者，重點是它是女性成長史也是生命史，已溢出「兵」的範疇，朱旭晨就說「以幾十個小題目分鏡頭回溯追敘了自己三十多年不平凡的經歷，故事、細節、場面成為整部自傳的結構元素，人（傳主及他人）的性格、行踪、經歷、思想情感的變化等成為表述的核心對象，風俗、觀念——新舊觀念、城鄉差別及國家種族觀念的衝突等共同構成故事展開及人物性格發展的背景。謝冰瑩以她慣會講故事的風格，時常在簡練的文字中道出情趣盎然或是有驚無險的真實故事。……正由於這種性格、經歷及文風的獨特，書出版不到半年，又再版了，當時的男女青年幾乎是人手一冊，許多女孩子甚至模仿她的方法脫離家庭，她的熱情和勇氣更帶給青年們極大的感動和鼓舞。」朱文從傳記的角度研究謝冰瑩，說明散文中的傳記研究仍有很大的空間。

從女性生命史來看，謝的前半生在新舊價值的矛盾衝突中，以肉身殺出一條血路，而且獲得廣大共鳴。

這代表當女性的教育、纏足、婚姻、經濟自主等問題解決了，還有更大的問題要來。

愛情與道德的衝突——矛盾的女權觀

在愛情上，她有其前衛面也有其保守面，說明她是在血淚中打滾的女人，這也許是她一生最大的磨難，在寫作上，她享有盛名，在危難中常有貴人相助，從年輕至老可謂順利，但在追求自由戀愛中，捲入三角、四角戀愛，在軍校同學艾斯、莫林、奇中她選擇了奇，「他像是我弟弟，唱起『棠棣之花』來時，我老把自己比聶瑩，將奇當作聶政，我應該用全副的愛去愛他，用全副的力量去幫助他，表面上我和奇遠離著，而靈魂卻一天比一天更接近了。」[7]聶政是《史記》記載刺殺韓國宰相俠累的刺客，死前毀容只怕連累姐姐聶嫈（縈、荌），她卻不顧一切來認屍，並死在弟弟身邊，一九二五年郭沫若曾據此創作〈棠棣之花〉，轟動一時。謝自比聶瑩，將符號比作聶政，兩人之間必定是肝膽相照的俠氣使然。這說明女兵在選擇男兵作為靈魂伴侶，「兵氣」意義勝過一切。然現實是殘酷的，兩人之間的殘酷與折磨讓俠義男女陷入困境。她多次想自殺，在奇入獄後，她選擇帶著孩子離去回到老家，一個離婚帶著孩子的女人回到當年逃離的娘家，這需要勇氣，然而她沒有退縮，還被母親的愛融化，這時期的她母性大於女性大於兵氣，兵氣不等於男性化，而是性別越界的另一種。崇高、陽剛、男性化是她常被提及的美學特質，如劉維指出：

有人說謝冰瑩的作品「不像女人寫的」、「多的是『兵』的率直豪爽，少的是『女』的溫柔委婉」。可見，男性化是謝冰瑩創作風格最顯著的特徵，體現了她對傳統女性文學的反叛與超越，以往的女性文學都限於婉約纖秀的格局，「五四」女作家首開女性解放風氣，思想進步，但步履遲疑，謝冰瑩的創作成就雖未達到「五四」女性文學的藝術極致，但在擺脫女性意識的傳統負累和束縛上，卻是最堅決、最徹底的。[8]

重讀這些自傳只發覺她的感受性、戲劇性與行動力，這不僅是男性化能說明，只能說她擴大女性的定義，或解構性別。在那革命的年代，當戰爭與愛情發生關聯，死亡的陰影揮之不去，如蕭紅、白薇……這些女作家，僅有比之更強悍的女性存留下來，在這點上她確實是兵氣勝於女質，反父權爭取情欲自主，因此在情場上也如戰場般豪氣干雲。一九三〇年代初她於廈門中學教書時，結識了生物學家黃雨辰，兩人曾一起回湖南教書，並攜手同赴東瀛留學，並寫下《獄中日記》，之後並肩前往前線勞軍，卻於一九四〇年代發生婚變。一九四〇至一九四三年她在西安主編《黃河》文藝月刊，復結識賈伊箴，當浪漫愛轉為理性愛，她終於享有溫馨的家庭生活。

她一生經歷三次婚姻，在情感上與婚姻上可說是前衛的，只是當身分轉變為兒童文學作家與文學教育者，並虔信佛教之後，出生儒學與女教家庭的她，思想變得保守，而以衛道姿勢悍衛文壇，這背後的思想背景是可以理解的。

一九六二年郭良蕙出版《心鎖》，一九六三年一月內政部下令查禁，四月在中國文藝協會理事會上，謝冰瑩主張開除郭良蕙，理由是「提案人認為郭良蕙長得漂亮，服裝款式新穎，注重化妝，長髮垂到腰部，既跳舞又演電影，在社交圈內活躍，引起流言蜚語。當時社會淳樸，她以這樣一個形象，寫出這樣一本小說，社會觀感很壞，人人戴上有色眼鏡看男女作家，嚴重妨害文協的聲譽，應該把她排除到會外。」中國文藝協會中張道藩和陳紀瀅都覺得無須開除郭良蕙，卻都因當天缺席而不能阻止。接著，青年寫作協會及婦女寫作協會亦同時開除她的會籍，可見謝的意見影響廣眾。之後，謝冰瑩與郭良蕙之間互以公開信的形式進行論戰，蘇雪林亦撰文直指《心鎖》為黃色小說。

這種事件在威權時代屢見不鮮，在女權史上卻是一種後退，說明當兵氣大於女質時，出現的是「兇器」或「國之爪」，更凸顯出她保守的道學基底，這點黃麗真、朱嘉雯說得勇敢：

> 她與蘇雪林同聲發表譴責郭良蕙《心鎖》的行動則又呈現出當時女作家在新舊時代過渡期的躊躇心態，顯然這仍是她們生命與創作中無從跨越的關卡，猶如黃麗貞以謝冰瑩一雙裹過然後又放開的「改良腳」來形容她介於新舊時代交替的風格，[9]她的女權運動，透過「女兵」、「教育工作者」等不同形象，展現其直率、熱忱，不假修飾的性格。然其面對女性書寫的尺度與態度卻又相當是保守而嚴肅的。[10]

新舊交替時代出身的女作家，或許就是這樣矛盾，那些越是曾經大開大闔的女性，撻伐的也許不是女性本身，而是曾有的浪漫愛。

為何當父權壓制女性情色書寫，女作家的態度比男性作家激烈，宗教信仰可能是重要因素，蘇雪林是天主教徒，謝冰瑩自皈依佛教之後文風也有轉變，一九五五年，她與蘇雪林、李曼瑰、徐鍾珮、張雪茵等三十二人聯名發起組織「臺灣省婦女寫作協會」，同年成立，擔任監事，一九五六年皈依佛門，法名「瑩慈」，並轉向宗教文學與兒童文學之寫作，如〈永恆的有情〉收入《佛教小說選集》；兒童文學《仁慈的鹿王》、《我的少年時代》、《小冬流浪記》、《善光公主》出版，這時她回到她的傳統道學基底，選擇了父權那一邊。

然威權體制下的女性，在白色恐怖的氣氛中去情欲去身體恐怕也是全面的思想漂白的結果，能掙脫此天羅地網的畢竟是少數。只是對反父權、主張情慾自主的女權前衛者，這種翻轉令人深思。

在女性主義研究中，女性文學的發展有四個進程，第一個階段是抗議與反父權，跟其他弱勢文學類似，以女性悲慘受壓迫的描寫為主；第二階段是建構女性文學批評理論，臺灣因戒嚴時間太長，以女性為中心的批評至八〇年代才興起，這是時代與體制的問題，對女性自身只能說是悲劇；第三階段是建構女性文學史，在這方面，臺灣也還未完成；第四階段是形成女性書寫特有的美學，這部分在上個世紀還有人有企圖嘗試，在這通俗文化當道網路風靡的時代，哲學早已潰散，遑論美學，於此魂飛魄散的年代回顧女性書寫的奮鬥與遺憾，格外令人感慨萬千。

抒情美文傳統的擴大——旅遊散文的先鋒

將謝冰瑩的散文列入抒情美文，或許有點勉強，日記與傳記既是散文的邊緣文類，如果郁達夫、徐志摩可為五四日記散文的代表，謝冰瑩的自傳納入抒情美文也無不妥，它的筆法表面是寫實主義強調的客觀與歷史性，內在卻是浪漫主義的狂飆精神，她的情感強烈有時近乎吶喊與瘋狂，抒情的欲望勝於一切，雖然作者口口聲聲說這一切都是真的，但其情感的感染力卻是最強的，這也許是五四文體的特色。而日記體與傳記體是在歷史時間軸進行的創作，是更具時間意義的，如果沈從文的《自傳》可作為那時男兵散文的代表，那麼謝的自傳也可作為女兵散文的代表，它們都在抒情美文的脈絡中而別出心裁，有關女性自傳的意義，主要是主體的建構，美不美可能是次要的，在較近的研究中如朱崇儀的〈女性自傳：透過性別來重讀／重塑文類？〉說：

> 自傳如今被理解為一個過程，自傳作者透過「它」，替自我建構一個（或數個）「身分」（identity）。所以自傳主體並非經由經驗所生產；換言之，必須利用前述自我呈現的過程，試圖捕捉主體的複雜度，將主體性讀入世界中。寫作自傳之舉，因而是創造性或詮釋性的，而非述「實」。[11]

大寫的我取代小寫的我，從中散發的獨特詩意跟大兵文學相去遙遠，不斷逃離的女性，從被定義的女兒與妻子，改寫為革命女性，而她定義自己為「女兵」，這兩個字有多重的意思存在，從現實的眼光中她是不同於真正士兵的「女兵」，畢竟她並沒有真正拿著槍桿殺人，充其量是後援的護理兵；從社會的角度看，她是新時代的產物；從女人的角度看，她是有著男性氣質的男半女半，從自我的角度看她是自我實現的一部分；於是對此多元「書寫」本身帶著富於層次的意義的印記，不僅只是抵抗，還是改寫與命名。女作家因此透過文類互涉和語言的運作，達到形象生動地書寫自我，並塑造主體性，並將主體性賦予總體意義，跟時代相呼應。

她的日記文學性略低，令人注意的是他的旅遊散文，在女性旅遊尚不發達時，她可謂在來臺女作家中開風氣之先，早於鍾梅音與徐鍾珮，在師範學院任教其間，到過菲律賓、馬來西亞教學，將旅遊的異國經驗寫成《菲島遊記》、《冰瑩遊記》、《馬來亞遊記》、《海天漫遊》等書。她擅長寫雨，雨於她原是創傷的來源，在一九三六年〈雨〉一文中寫著「那也是這樣的一個雨天，我們被鎖在牢獄裡，那絲絲的雨像門簾似的垂在窗外，我和五個××女人縮做一團，警犬——看守的警察——穿上了大衣，頭縮在衣領裡，兩手互相摩擦著，他走近鐵門來用輕蔑的語氣問著：『支那始娘，你也冷不？』、『我不冷！我的熱血在沸騰，我的心在燃燒！』」開頭她描寫她愛傾盆大雨不愛毛毛雨，再寫從毛毛雨中看到的世界，然後跳接到牢獄中的情景，頗為迂迴而有層次，雨在她的書寫中可以成為一種「情結」，出現在文字中則為「意象」；如她寫〈雨港基隆〉：

正在這時，雨忽然停住了，海裡翻滾著洶湧的浪濤，樹上滾下亮晶晶的水珠，碧草搖擺著柔軟的軀幹，棲息在枝葉下的小鳥振一振兩翼，啪的一聲又向遠方飛去了。這時一輪強烈的日光，沖出了雲層，像大地示威似的照得漫山遍野通紅。在海上又是另一番景色，海濤在日光的反照之下，現出五色燦爛的花紋，恰像孩子們玩的萬花筒，起著各種不同的變化；假如是晚上，基隆的雨景更美更壯麗，更令人感到驚奇！那一艘艘昂然地泊在海裡的軍艦，它們像神話中的龍船。那些透明的電燈，照耀得海上如同白晝，倒映在水裡的光影，不住地搖晃著，恰像海龍玉宮殿裡的神燈；再把視線轉移到街市吧，那燈光輝煌的地方，並沒有什麼稀奇，倒是那兩排特別整齊有三個地球燈連在一起的路燈，實在太美，太神秘，它們是指引迷途者走向光明之路的象徵。每次到基隆，晚上回來的時候，我特別欣賞這兩排路燈，這是基隆市上特有的景物，也是給與旅客印象最深的地方。

其中像「基隆的雨是十分有名的，突如其來沒有任何徵兆。」「當別人抱怨的時候，我卻最喜歡看雨，沒有什麼比基隆的雨更為美麗的了。」「回憶起前三次到基隆的經歷，雨景和海嘯給我留下深刻印象，因為它們能滌蕩世間醜惡的東西。」這些句子成為常被引用的句子，也成為來臺女作家早期的自然書寫。在對岸則將她納入旅遊文學史中，梅新林、俞樟華主編的《中國遊記文學史》中即肯定了謝冰瑩是傳統式中國遊記的書寫大家，作品多樣，且文風鮮明代表作有：〈黃昏〉、〈愛晚亭〉、〈秋之晨〉、〈獨秀峰〉、〈龍隱岩〉、〈乳花洞〉、〈華山遊記〉、〈珞珈之遊〉、〈濟南散記〉等，都是「在執著的愛的信念、愛的追求中顯示了優美和諧的風格」。[12]

作者在年少時逃家，她的逃亡路線遠至日本，以放開的改良腳成為「遊女」，來臺之後展開的「女遊」更是多采多姿，她的空間自由度高，常把空間感改寫為地方感，[13]空間是無感情的，地方卻富於情感；這種處處無家處處家的豪情是一般女性少有的，當她回眸自己的故鄉，因而產生既遠又近的美感，如〈愛晚亭〉：

愛晚亭，我真太愧對你了。十五歲的那年，當我還是梳著兩條小辮子的時候，我第一次和你結因緣，一直到今天，我沒有一時忘記過你！記得那時候，我曾寫下這樣的句子：

「我願永遠安靜地躺在青楓峽裡，讓血紅的楓葉為我做棺蓋，潺潺的流水，為我奏淒切的輓歌。」

但一直到今天，我還沒有把你的美，你的深情，你給與遊人的快樂和安慰寫出來。我真不知要怎樣來描寫你；不知有多少初戀的情人，願意永久躺在你的懷抱？不知有多少失戀的人，跑去你那兒哭訴他傷心的遭遇？一年到頭，你有四時不同的姿色。

她寫出了愛晚亭，卻也寫不出愛晚亭，它已經變成一個無限的符號，傷痛的能指，謝冰瑩對跟其他女遊者不同的是，自我的旅行意識就相當明顯，她曾自言：

我的性情好動，生平喜歡旅行，青年時代曾有周遊世界的幻想，如今知道這是經濟力量不能達到的事情；但願打回大陸之後，周遊全國的名山大川，學徐霞客、老殘他們的榜樣，寄情於山水之間。[14]

她以徐霞客、老殘為師，以傳統山水作為遊覽觀看的客體；她在異國山水中找回主體，因為她的主體早已建立穩定，因此為文都是謝氏風格，與其說她「呈露出突破感情壓抑和女性固有的陰柔之美的傾向，體現出一定的觀照人生、高揚主體的現代性」，[15]不如說她處處無家處處家的情懷，常把異地與家鄉融為一體，來回往復成為互文，因此愛晚亭無異基隆無異菲島無異舊金山，她的離散是永不離散。

她的遊記作品既是如此重要，為何無法成為讀者的記憶點或重返昔日榮光，得到大眾的關注？

可以說女性旅遊散文在現代散文的地位十分獨特，尤其在戰後，以謝冰瑩的遊記為前導，鍾梅音、徐鍾珮追隨其後，下接三毛、黃寶蓮、張讓，之後是鍾文音、郝譽翔、鍾怡雯……，女性最早是以生活家與情趣家出發，著重景物與人情之靜態描寫，之後加入敘事與小說情節等動態描寫，或多或少兼具冒險家與波希米亞風格，這其中的轉變以三毛為分水嶺，她承襲的是父祖，也是女超人的性格，三毛的祖父是探險家，她身上也流著探險家的血液：

> 我既然居留證不下來，沒有什麼事做，但現在有一個很好的機會去非洲撒哈拉沙漠，西屬，不用簽證，我計劃今年二月二十日左右去，已申請雜誌社，請求路費，旅館錢……如果我去了台灣報紙要發新聞，中國歷史第一個女性踏上「撒哈拉沙漠」，不是非洲，非洲很多人去過，無形中也替《實

業世界》大做廣告，我會寫得非常動人。[16]

其中提到去撒哈拉沙漠的理由，是刻意且實際的，她想藉此成為史上第一個踏上撒哈拉沙漠的女性，她已經寫很久還沒被注意，這是她突圍之舉。而早期的女性遊記散文是隨興而非計畫性的，其戲劇張力自然不強，奇特的是謝同時擁有冒險家、生活家、情趣家的綜合體，只是她不強調流浪或波西米亞風，自然跟後來的旅遊散文有所不同。

謝氏發揚光大自傳、日記、遊記等文體，讓這些散文邊緣文類成為主流，到現在仍影響深遠，尤其在女性書寫上樹立強烈的風格。

文學的清教徒——創作教學與思想底蘊

早在一九四六年，謝對新文藝的教學踏出第一步，她兼任母校國立西北師範學院（今北平師範大學）講師，開授「新文藝習作」課程；來臺後在師範大學任教數十年，尤其「新文藝」課程開現代文學與創作課程之先河，其學生廣眾，有許多門生成為作家，她的文藝觀也影響許多人，這是她開創性的又一面。

在她所處的教學年代中，雖已到五四之後，許多人還是排斥白話文與寫作，她曾自述民國十年她開始教書時，就曾與這些人對抗與辯駁，來臺之後她是第一個在大學開「新文藝」課程的，同樣受到老教授的質疑，她的態度很堅定也很頑強，她認為白話文被接受已是事實，她不僅要教學生讀，也教學生寫，她根據學生的投票決定要教什麼篇章，通常白話抒情文最受歡迎，依此教導效果大增；又教學生寫作，認為題材最重要，要有寫作題材就要養成隨時作筆記的習慣，她自己就有三本筆記記錄不同的材料：對文學定義是「文學是以熱烈的感情，正確的思想，豐富的經驗、優美的文字來描寫社會，表現人性，批評人生的一種學問。」[17]她主張好的文學必須包含幾個要素，「要有強烈的情感、要有正確的思想、要有豐富的想像、要有實際的生活經驗、內容決定形式」，最後一點最能代表她的文學觀：

文學既然是現實的一面鏡子，社會上的現象不論是美的、醜的、善的、惡的，文學都能真實地把它反映出來，影響人生。由此，我們可以得到一個結論：文學的使命不單在表現人生、主要的是批評人生，指導人生，增進人生的快樂幸福，消滅社會的黑暗罪惡。[18]

她的文學觀建立在寫實主義與人道主義之上，強調客觀真理，作家的使命感，指導人生。這些觀點到現在仍然是主流，然在現代主義引進後，其文學主張就顯得較為保守。

對於年輕作家的修養，她認為必須具有高尚的人格、科學家的研究精神、養成良好的習慣、鍛鍊健康的體格、虛心接受批評、有恆、不灰心、克服困難，看來精神涵養重於一切，對於理論與技巧少有論及。她自身的經歷已成典範，以身教感化學生，並鼓勵他們投稿，如此一時多少風流才俊，說她是「新文藝教母」實不為過。

她創作兒童文學作品之後，也大力提倡兒童文學，是一個擅於下定義的作家，她認為兒童文學是「以真摯的感情，豐富的想像，優美的文字，有系統地敘述一個含有教育意義的故事；而能引起兒童的興趣，啟發兒童的智慧，培養兒童的品德者，便是兒童文學。」她把它分為十類：神話、童話、故事、寓言、歌劇、話劇、電影、謎語、童謠、笑話。可說是戰後初期較有系統的評論者，她呼籲政府與學校重視兒文，在大學開兒文課，並鼓勵青年作家創作兒文。

她能寫能教，對當時的文壇造成一定的影響，五、六〇年代的散文，其美學仍然距離「我手寫我口」與「獨抒性靈」等主張不遠，亦即散文向口語學習，然過於口語並非文學，語言分書面語言、口頭語言、創作語言，小說中的對話是口語，然也必須精心挑選過，這個問題要到余光中提出散文的文字需有密度、彈性、質料，散文語言才往詩靠攏，總之，散文是個主體不明確卻富於包容性的容器，在二十一世紀我們回顧白話文的初始，確實走了一個偏鋒，因為太白話，而具有兒語的特色，那些不必要的發語辭「啊，喔、哇……」；那些顯得稚氣的語尾語氣辭「嗎、呢、呀、哦……」，這代表新語言的兒童期。

她也將自身的創作經驗傳授給年輕人，「青年朋友問我，文章寫得好，有什麼秘訣嗎？我告訴他們，一點沒有秘訣，只要把嘴裡所說的話，移到紙上筆談，就是一篇好文章。」[19]這種直白的筆法顯現在詩中就有點問題，如：

他是上帝驅使下凡的天使，
他是手持利劍的愛神，
愛神呵！
你一劍射穿了我的心，
奪去我的靈魂！
你是吃人惡魔，
我要殺掉你才甘心。……[20]

謝冰瑩的文學建立在「我手寫我口」與紀實之上，介於報導與日記之間，她的創作觀是：「我的作品主要是紀實的。日記、傳記文學當然必須完全真，就是小說也都有真實的模子。」她從不創作虛假的故事，沒有經歷過的她絕對寫不出來，她認為這樣「沒有感情」，因此文壇上常用「文如其人」形容謝冰瑩，而她的文章也確實作到「直、真、誠」。這種創作觀多少也造成一定的影響，當時文壇在「直、真、誠」上多作追求，五四以來，胡適講「真」，張愛玲講「實」，「真」、「誠」在散文上是好的；在小說上太「直」未必是好事。她的小說都是建立在真人實事上：如《梅子姑娘》、〈三個女性〉〈給S妹的信〉等小說很明顯的都是從真實經驗中取得，用直接的方法寫成的故事，有些人事物與自傳重疊，她的寫作習慣是，凡是抒情性強的以傳記或日記寫成，故不離溫柔敦厚之旨，社會意識較強欲加批判的則以小說寫成，故諷刺性較強。

她的文學觀直接繼承五四，在散文語言和意象的經營上顯然轉進不大，然在文學的歷史研究上則有一功。青年時期的謝冰瑩為了考證莫泊桑的死，當時就生起編寫一本作家印象記的念頭，藉編輯之便先作了一點蒐集工作，向重要作家發出調查表，幸虧都保存下來。後來到臺灣任教，許多學生都不知道「五四」以後中國大陸究竟有多少重要作家，她費了一番力氣把舊資料編纂成《作家印象記》，於一九六七年出版。在這本集子裡，每篇文章的原始資料都力求真實完備，而且都由每位作家親自填寫，自然忠實可靠。資料表格共分十二項，包括：真實姓名、字號、筆名、生平、籍貫、學歷、履歷、著作及譯作、抗戰期間活動、所加入之社團、評傳資料、現在職業及住址。她記得朱自清先生把表寄來時，附了一封信，說他本來最不喜歡填表，但當他講授某個作家作品時，由於很難找到資料，無從介紹給學生，因此很贊成她對作者作詳細的調查，希望她這本書趕快出版，且要先預約一本。此書共提供了王平陵、王獨清、方瑋德、朱自清、朱湘等二十六個中國五四作家資料；另外三位是外國作家：一位是韓國的崔貞熙、一位是菲律賓的康沙禮士、最後一位是一九一五年諾貝爾文學獎得主的法國作家羅曼羅蘭。

這算是現代作家較有系統的傳記研究，寫自傳起家的她對作家的小傳、他傳特別有興趣，這可說是現代傳記文學研究的奠基者。

一九七七年，她與邱燮友、劉正浩合著《中華文化基本教材》，[21]她不僅編選還注釋。此書選錄儒家典籍《四書》，打散《四書》原有篇章次第，改採分類編輯的形式，以為人、為學、論仁、士、君子與小人等主題，講述道德修養、教學、倫理、政治、禮樂文化等內容，解釋則多依朱熹《四書集註》解釋。這套書影響學子的道德教養頗為深遠，這時她七十一歲，已回歸父家的道學傳統，將重心擺放在固有傳統道德的教養中，一九八四年撰〈先父謝石鄰先生傳記〉，她又再一次藉傳記回歸父系，在新化的近代學術中，謝石鄰（玉芝）的《羅瓿文存》，被稱頌「亦大可觀」。[22]同年《觀音蓮》由臺北大乘精舍印經會出版，她的佛學著作表現她的思想底蘊。當年她從道德禮教的父家叛逃，後來她成為現代的道學家。一九九〇年，謝冰瑩高齡八十四，在訪問鳳山中央陸軍軍官學校時，校長特別翻出謝冰瑩在黃埔軍校武漢分校第六期女生隊之畢業證書，影印一份相贈，離去時謝冰瑩激動地說：「如果讓我重活一次，我還是要當一個女兵」。

從她的好學與會教，勇於反叛，也勇於付出，自律甚嚴的她，有其守舊的一面，可用她形容李長之的一句話形容她自己——文學的清教徒。[23]

傳記的傳記研究——研究偏限與突破

謝冰瑩的研究與謝冰瑩的創作可以說是同時與同步。一九二七年孫伏園先生將〈從軍日記〉單篇在《中央日報》副刊發表時，林語堂便在此報的英文版上連載。一九二八年林語堂又將這些日記編成單行本出版並為之作序。序中已論及其作品之歷史意義：「這些文章，雖然寥寥幾篇，也有個歷史，這也可以說明，我們想把它集成一書的理由。」[24]

當時謝冰瑩富於傳奇性的創作，評論文章便接連不斷，並且其影響迅速擴展到了國外。著名的生物學家、廈門大學教授汪德耀先生看了《從軍日記》之後，馬上將其譯成法文。一九三〇年代初期，汪將譯文寄給羅曼・羅蘭先生，羅曼・羅蘭先生馬上在法國出版《從軍日記》。一九三〇年八月初，著名的《小巴黎人日報》在頭版顯著位置發表題為〈參加中國革命軍的一個女孩子〉的評論文章，隨後，其他多家報紙也對此書作了報導。羅曼・羅蘭曾親自給謝冰瑩寫信，對她的精神表示欽佩，鼓勵她繼續奮鬥。

一個二十出頭歲的作者第一部作品得到國際注意，在彼時可謂少有，一九三一年八月，柳亞子撰寫了《新文壇雜詠》十首，分別贈詩魯迅、郭沫若、茅盾、田漢、陽翰笙、葉紹鈞、謝冰瑩、丁玲等人，肯定他們的文學貢獻。柳亞子在《雜詠》中為謝冰瑩寫道：「謝家弱女勝奇男，一記從軍膽氣憨。誰遺寰中棋局換，哀時庾信滿江南。」[25]表達了對謝冰瑩的感佩。

一九三六年，上海良友圖書印刷公司出版了謝冰瑩的自傳體散文《一個女兵的自傳》（後改為《女兵自傳》）。此書一出版就成為暢銷書，並被譯成英、日、德、法、西、葡、意等多種文字，先後再版二十多次。就當時中國文壇上女性文學所產生的廣泛的國際影響而言，可謂空前。

一九四八年八月，謝冰瑩應臺灣師範大學之聘赴臺任教，一直到一九七二年退休，在臺居住近四分之一世紀。一九七四年定居美國，書寫的依然是臺灣與故鄉。大陸與臺灣長期對立封閉，謝冰瑩幾乎被大陸文壇與學界遺忘達三十餘年，一九八〇年開始才又引起大陸文壇的關注。

二十世紀八〇年代，消沉了三十年的謝冰瑩作品開始在大陸重新出現，使廣大讀者特別是年輕讀者能夠有機會接觸到謝冰瑩的文章，因此掀起新一波女兵熱。

此後的研究重心轉往大陸，只可惜集中在早期作品，每一次的研究都要把她的生平或傳記重寫一遍，她的傳記過於突出，因此對於她的文學研究就容易成為傳記的傳記研究，如張建秒的〈謝冰瑩的《女兵自傳》〉、朱晨旭〈從自傳到他傳〉對中晚期作品幾乎沒有涉及。

臺灣的系統研究較早有黃麗真作其傳記研究，並強調她的「女權運動者」造形，[26]這已是八〇年代底的事，朱嘉雯、崔家瑜進行研究時已二十一世紀初，重點還是在傳記研究，朱提到其渡海與離散研究；因此，陳昱蓉的〈時會之趨——謝冰瑩的足跡以及遊記〉論及遊記書寫，格外令人驚喜。在來臺第一代女作家中，謝冰瑩可說並未受到重視，除了傳記與歷史研究，謝的研究空間還很大。

主要是她來臺後的寫作，與同期作家已無太大分別，那時代的女作家的共同特色是以懷舊或鄉愁為主軸，同質性高，蘇雪林、張秀亞、胡品清、琦君、潘人木、孟瑤、鍾梅音、艾雯……，林海音、徐鍾珮作品數量略少，雖各有特色，然同一作家的作品量大同質性高，也就是風格固定與單一，在研究時容易事倍而功半，而謝冰瑩的題材與風格有所轉變，算是少見的，可惜過度集中於自傳與傳記研究，侷限了我們的研究視野。

另外是她的文學地位似乎有所轉移，來臺女作家中，她可是領頭軍之一，連蘇雪林都敬她三分：

> 她來臺灣已七年了。一面在師範大學教書，一面撰寫反共抗俄的文藝，她的生活是清苦的，年來身體又多病，但她的志氣還是女兵時代一般的堅強，愛國家民族的心，與她過去反抗國內軍閥和日本帝國主義者一樣熱烈。去年她與文藝同志們拜訪三軍基地對武裝同志們講演，有幾句話，我永遠記得，這便是：「一旦反攻令下，我謝冰瑩要第一個歸隊與諸君一起奮鬥！」[27]

與時代同脈動，或與文藝政策過於接近，當政黨更替，文風丕變時，最容易被遺忘，這是政治與文學交會的殘酷性。

如今反共文學的大帽子已被摘除，重新審視其文學實有必要，她的影響會是文學傳統中的一脈，在女權與女性書寫中亦有其意義。

結語

總結謝冰瑩的文學之路，是一條性別越界之旅，也是流亡與離散之旅，也可說是寫實美學與抒情傳統的交織。在新世紀初，讀其文字與思想還是有新意，她不只是永恆的女兵，還是文學的戰將與新文藝理論的催生者。她是來臺女作家的一種典型，她跟那些建立臺灣新故鄉的女作家有些微不同，她是停不下來的流動者，自她逃出父家，她已逃離為人女為人妻為人母的傳統角色，她成為她自己，然後在離散中建立家庭，又一再拆離家庭，跟一般的移民者不同的是她並非是完全的「自動他者」，而是在「主動」與「被動」之間掙扎、矛盾不已，她當兵，在主動與被動（二哥的鼓勵、逃婚）之間；她多次入獄與探監，更是不能作主的悲劇；她移民美國，也有些許不能自己的選擇；她摔傷與罹病讓創作力大為衰退。

她深愛家庭，卻因種種緣故不得不逃離。她好動愛玩，是個行動家，因此她腿傷的痛苦就比別人更為痛苦，那代表她失去她所熱愛的自由：

〈斷腿記〉一連幾篇文章，記錄了冰瑩因腿斷所受的折磨與痛苦，因為腿痛行動不便，也影響到她的精神，使她煩悶，消極，甚至於有時很悲觀，一些寫作的材料，也相繼悶死在她腦海中；可是當她讀到一封封來自朋友、讀者，充滿了熱情和關懷的信時，使她又有活下去的勇氣了，並且自勉要和病魔奮鬥到底，絕不輕易放下筆。這些心路歷程，此書都娓娓道來，使讀者深深為之感動。

她每至一處，總深情地融入在地，為當地寫下優美的景色描寫，不管是《從軍日記》、《女兵自傳》到《碧瑤之戀》、《舊金山的霧》，她擅於寫人描物，熱情洋溢，說明了流放中的人是最頑強的人，也是最深情的人，他們把創傷化為血淚書寫，同時留下土地的歷史。就這一點，說她是田野中的女史也不為過。

女兵加上女史成就的文學，不能說是絕後，但有可能空前，在這點意義上她就值得大書一筆。

＊原載《臺灣現當代作家研究資料彙編54　謝冰瑩》

註

1 謝冰瑩，《我的回憶》，頁十一。

2 艾以，曹度主編，《謝冰瑩文集（上）》，頁二九〇。合肥：安徽文藝出版社，一九九九年。

3 同註1，頁四十八。

4 劉心皇，〈記謝冰瑩先生〉，頁五十六。

5 徐永齡，〈熱情擁抱時代生活——論冰瑩創作的藝術個性〉，《安徽教育學院學報》，一九九〇年第四期，頁三十八。

6 同註1，頁十三。

7 同註1，頁一八二。

8 劉維，〈謝冰瑩創作的風格特色：女的超越、兵的豪壯〉，《中央日報》，一九九五年四月十二日，十九版。

9 黃麗貞，〈她塑出「女權運動者」的造形〉，《中央日報》，一九八八年三月八日，第十九版。

10 朱嘉雯，《亂離中的追求——五四自由傳統與臺灣女性渡海書寫》。中央大學中國文學系博士論文，二〇〇二年五月。

11 《中外文學》第二十六卷第四期，一九九七年九月。

12 梅新林、俞樟華主編，《中國遊記文學史》，頁四六五。上海：學林出版社，二〇〇四年十二月。

13 段義孚，《經驗透視中的空間和地方》。臺北：國立編譯館，一九九八年三月。

14 謝冰瑩，《我的回憶》，頁十四。臺北：三民書局，一九六七。

15 梅新林、俞樟華主編，《中國遊記文學史》，頁四六六。上海：學林出版社，二〇〇四。

16 三毛家書，〈一九七四年一月一日〉。轉引自林倖儀，《三毛傳記與異鄉書寫》，頁五十九。東海大學中國文學系在職專班碩士論文，二〇一二年二月。

17 謝冰瑩，《給青年朋友的信》下集，頁三一八。

18 同註17，頁三二三。

19 謝冰瑩，《生命的光輝．林語堂先生談語文問題》，頁十九。

20 《女兵自傳．初戀》，頁五十三。

21 臺北三民書局出版，一九七七。

22 陳立羣〈新化縣古近代學術概要〉，http://blog.sina.com.cn/s/blog_446eb6c50101c6qm.html。

23 謝冰瑩，〈文學的清教徒——憶李長之〉，《聯合報》

24 艾以，曹度主編，《謝冰瑩文集（上）》，頁二九〇。合肥：安徽文藝出版社，一九九九年。

25 中國革命博物館編，《柳亞子文集／磨劍室詩詞選集（上）》，頁六七〇。上海：上海人民出版社，一九八五。

26 黃麗貞，〈她塑出「女權運動者」的造形〉，《中央日報》，一九八八年三月八日，十九版。

27 《聯合報》，一九五五年十二月一日，第六版。

主流與離心

——謝冰瑩「女兵三部曲」的非典討論*

前言

有關謝冰瑩的想像幾乎都圍繞著「女兵」這個形象與主題打轉。她出生於一九〇六年，一九二六年二十歲從軍，當兵約兩個月，隔年在孫伏園主編的武漢中央日報副刊發表一系列《從軍日記》，並由林語堂翻譯為英文發表，至此驚動海內外，並得到多位文學大師的肯定。這本為大時代而寫的從軍報導短文，出自年輕女性之手，呼應當時革命、祖國、人民、自由……等宏偉主題，切合時代又超乎人們對女性的想像，受到矚目自是當然；然這與眾不同的身分也向她索取莫大的代價，她自此在監獄、貧窮、失愛、失婚、失子、流離失所、疾病中打滾，這些在一九三六年出版的《女兵自傳》中有著熱切真摯的表達，一九三七年三十一歲的她又上戰場，並書寫《抗戰日記》，十年中她完成的「女兵三部曲」實已奠定文學地位；然在家國大敘述中的女性書寫更顯幽微，作為女性，她為情感受的苦超乎一般人想像，要不是她擁有男子般的剛強意志，可能無法度過重重難關。

本文討論謝冰瑩「女兵三部曲」在家國書寫中的女性書寫，顯現她在中心中的離心，與離心中的中心，以彰顯其文學特質。

五四家國書寫的分歧點

一九二七年謝冰瑩參與北伐，出發前發表一封《給女同學的信》，信中說明自己的革命熱情「我們不要作個唱革命的高調者，應當作革命的實踐者」，她又指出「婦女運動是社會革命的一部分，欲求婦女解放，非待整個的社會革命成功後不能實現。」她把婦女解放與革命緊緊綁在一起，這也正是她的生命實況，她是為了婚姻自由而投軍，投軍之後即力爭解除封建婚姻。

北伐戰爭可說是現代知識份子自覺參與的首次戰爭，他們紛紛投筆從戎，這是史上少有的現象，蕭軍、郭沫若、王思玷……還有謝冰瑩的同學趙一曼，她的故事還被拍成電影……，這種前進的姿態可謂奇特，法國大革命中有許多知識份子與女性參與，然法國大革命未產生女兵文學，中國的北伐中多有女作家，這麼奇特的現象，也難怪引起轟動，相繼站出來肯定與幫助她的五四文人不計其數，從魯迅到林語堂，朱自清到柳亞子，她與左派、右派皆有接觸，她的文學是身體力行的革命文學，完全符合五四追求的民族大敘述。

其實更為典型是革命＋愛情的組合，或者用愛情包含革命，如丁玲的《莎菲女士的日記》、魯迅的〈傷逝〉，都以愛情心理包含革命理想，比較起來，謝冰瑩的三部曲更接近大兵文學或軍中文學，在文學價值上略遜一籌。這其中偏向女性自傳書寫的《女兵自傳》，雖以革命、家國為主題，女性文學特有的陰鬱與迷宮般的特質卻撼動人心，它的文學價值與大家相比非但不遜色，而且在女性文學中奪得先聲。它先於蕭紅的《呼蘭河傳》，晚於《莎菲女士的日記》，與《從軍日記》相較，文學性可說跨度極大。十年之間她到底作了什麼努力？受誰的影響？而能寫出如此動人之作品？

首先，她因貧窮寫稿維生練就的健筆；再者幾次情變婚變，骨肉分離，兩次赴日留學，兩度入獄，豐富的人生經歷為她的作品添加血肉，然她的私密書寫可能與林芙美子的交往有關，也多少受到她的影響：

在林芙美子那裡足足坐了三個鐘頭，談到她的生活，和她創作的經過，以及《放浪記》製成了電影等等，回來後覺得很疲倦，進門就往席子上一倒，想睡覺。[1]

林芙美子（一九〇三—一九五三），年紀比謝小三歲，彼時正因所著《放浪記》在日本掀起「放浪風潮」，她的大膽自白與坎坷的生活，為日本的「私文學」增添不少鮮豔的色彩，她的生活經歷與謝頗為相似，她們都在青年時期四處浪遊，遭受情愛的折磨，常在饑餓中度日；她們都熱愛文學與寫作，意志堅強，遇到危難越挫越勇，皆以文學救贖自己；她們都用自己的真實生活經驗作為題材，並以日記或自傳體書寫；她們都熱愛自由，不願為任何主義服務，在針對個人書寫上可說是為藝術而藝術。

因此謝的作品分為兩路，一旦寫到家國是為人生而藝術；寫到自己是為藝術而藝術。她也受宮本（中條）百合子（一八九九—一九五一）影響，謝第二次留學日本時，無產階級作家正受到逮捕，他們的思想卻流入她的思想中，宮本（中條）是個早熟的天才作家，祖母住在福島縣的鄉村，她從小每個假期都到農村的祖母家住上一段時間，親眼目睹了農民的生活。一九一六年（大正五年）在上女子學校五年級時，她以在農村祖母家的所見所聞和自己的印象為底寫出了一部小說，以《貧窮的人們》為題發表，亦是以自傳的筆調，訴說進入窮人的生活與他們相濡以沫，卻發現不管如何靠近，都隔著一道鴻溝，只有不斷反省與批判才能求得真理之心路歷程。作者以鮮明的語言，生動地描述了這一切。這部小說一經發表，頓時給予文壇巨大的震撼。而這一年她才十七歲！

一九三六年，謝冰瑩被關在日本獄中，同時宮本（中條）百合子也被關，她豈能無感？《在日本獄中》寫著：

中條女士是一個最勇敢最令我佩服的女性，她曾經兩次入獄，第一次在獄中死了母親，第二次死了父親，一個弟弟是早自殺了的，如今只剩孤零零的她，在和萬惡的環境奮鬥……中條百合子的確是一個勇敢的女性。[2]

出身道學家庭的謝冰瑩，面對家國春秋大義她能忘掉自我，但真正面對自己時，她能大膽告白，結合林芙美子的浪漫、宮本百合子的自我剖析與反省，站在貧苦與女性的立場發言，奠定《女兵自傳》的文學基調，如以生活經驗與勇敢進取，謝或許還有高過前面兩位作家的地方，這說明《女兵自傳》充滿謝氏風格與原創性的原因。

女性離心書寫

我們可把《從軍日記》與《抗戰日記》劃分為一類，是日記體的大兵報導文學；《女兵自傳》為女性自傳文學，它以女性生命史為主軸，「兵」的部分很少，按生命史的歷史時間書寫，然以小標題作分散處裡，因此各篇獨立又聯結，展現女性離心書寫的特質。

女性生活與細節描寫

跟大兵系列的急就章不同，這本自傳寫得很細，不管在童年部分、少年、青年都各有畫面，如果童年是田園牧歌；少年時期則是詼諧曲：青年時期就是進行曲了，在田園牧歌中她細膩地描寫家鄉的女性生活單調中的情趣，這是童女的烏托邦，童年的甜美對照著其後的辛酸，之後脫離父家，女性遭受的困苦孤獨，謝也寫了許多，其中對於饑餓的描寫十分入骨：

> 飢餓的確比死還要難受，比受了任何巨大深刻的痛苦還要苦；當你聽到腸子餓得咕咕地叫時，好像有一條巨蛇，要從你的腹內咬破了皮肉鑽出來一般；有時你餓得頭暈眼花，坐起來又倒下了；想要走路，一雙腿是酸軟的，拖也拖不動；有時一口口的酸水，從肚子裡翻上來，使你嘔吐，卻又吐不出半點東西；更有時餓得實在不能忍受了，想在自己的胳膀上，咬下一塊肉來吞下去……」（《女兵自傳．飢餓》）

這些細節描寫貼近自身，也讓其時革命女性的生活見血見肉地保存下來。

情愛與孤獨

她的感情生活多采多姿，四角戀、多角戀……造成屢屢衝突，年輕時的謝多情而浪漫，她與軍校同學符號同居，生下一女符兵，愛情生變後，一九三一年在《小說月報》上發表〈清算〉以作了結，「奇之於我，一百條恩愛，一百零一條罪狀」，用文學形式分手，可謂驚世駭俗；這之後與顧鳳城結婚，這段感情只維持一年多；之後再與黃維特相戀，一九三五年謝留日時兩人書信往來，並在〈信〉一文中書寫他們之間的情書，「靜靜地讀著他情致綿綿，而又充滿了生命力的情書」，短短數年間好幾段戀情，連魯迅都對她有意見，「冰瑩女士近來似乎不但作風不好，她與左聯亦早無聯繫，所以我不能代為催促。」[3]因而拒絕代為邀稿，可見她當時的作風實有一些「放浪」而受到主流文學的排斥，她漸漸往文學的邊緣游去，這跟她受當時女性要求解放的訴求有關，也跟她早早成名有關，追求他的男性不是才子就是美男「他（指黃維特）是中國數一數二的美男子，兩個富有魔力藏著深情的眼睛一觸著就會使你發狂，你的靈魂會不知不覺被他吸出。」（〈清算〉）再者兩次出國讓她視野膽識都大大提升，其浪漫敢為跟林芙美子相比實有過之無不及，這也跟她的愛情信念有關，她不願受任何拘束，「我是屬於社會的，我像男人一般為社會工作，我更需要自由，愛人禁止或干涉我和朋友往來是不成的。」「我覺得男女應該是一樣的，因為都是人，為什麼和異性作朋友就有許多無聊的謠言發生呢？」她對愛情與自由的追求是不被瞭解的，女性的孤獨只有自呑眼淚，因此產生許多自我喊話的作品。

因為情感生活過於自由浪漫，她平生最怕見柳亞子，只因柳每次見她，都會責備她感情不專，在柳的再三勸告下，決心徹底改過，自從與賈伊箴結婚後，關係還算穩定，然賈的大男人作風讓她吃了不少苦頭，年至五十，她給自己的禮物便是皈依佛教，經過一而再再而三的感情摧折，強悍的女兵終於低頭，在佛前跪下。

她一生的情感追求帶給她無盡的痛苦與孤獨，在第四次逃婚搭船到上海，相似的孤獨感常常出現：

> 我像一只失了舵的孤舟，漂浮在波濤洶湧的大海裡！我像一匹弱小的羔羊，失落在虎豹怒吼的森林；我像一只失群的孤雁，整天在空中空號，飛過了太平洋，飛過了喜馬拉雅山，飛遍了天涯海角；但，何處是歸宿啊！天！[4]

失去家庭的女性發出哀鴻般的呼告，這也能說明女性自我追尋的路途如何艱難險阻。

遊女與女遊

謝雖是富於陽剛氣質，在面對愛情與自我時卻是女性化的，酷愛旅遊的她每到一地總會留下遊記，這些遊記大多是抒情美文，跟她的日記體與自傳體略有不同，代表作有：〈黃昏〉、〈愛晚亭〉、〈秋之晨〉、〈獨秀峰〉、〈龍隱岩〉、〈乳花洞〉、〈華山遊記〉、〈珞珈之遊〉、〈濟南散記〉等，都是「在執著的愛的信念、愛的追求中顯示了優美和諧的風格」。[5]

作者在年少時逃家，她的逃亡路線遠至日本，以放開的改良腳成為「遊女」，來臺之後展開的「女遊」更是多采多姿，她的空間自由度高，常把空間感改寫為地方感，[6]空間是無感情的，地方卻富於情感；這種處處無家處處家的豪情是一般女性少有的，當她回眸自己的故鄉，因而產生既遠又近的美感。

她寫出了愛晚亭，卻也寫不出愛晚亭，它已經變成一個無限的符號，傷痛的能指，

謝冰瑩對跟其他女遊者不同的是，自我的旅行意識就相當明顯。她以徐霞客、老殘為師，以傳統山水作為遊覽觀看的客體，在異國山水中找回主體，因為她的主體早已建立穩定，因此為文都是謝氏風格，與其說她「呈露出突破感情壓抑和女性固有的陰柔之美的傾向，體現出一定的觀照人生、高揚主體的現代性」，[7]不如說她處處無家處處家的情懷，常把異地與家鄉融為一體，來回往覆成為互文，因此愛晚亭無異基隆無異菲島無異舊金山，她的離散是永不離散。

綜上所述，謝的女性書寫不僅是多元發散的，還具有離心的特質，她的女性意識是分裂的，在家國書寫上她是非本質論者，認為男女能力並無不同；在私生活上她是本質論者，認為男女心理不同，也許就是這分裂造成她作品的獨特性。

文學場域的流動

謝的崛起，與偏右的自由主義文人有關，如林語堂、孫伏園、柳亞子……，然她與左翼也有短暫的關係，一九三〇年她與段雪笙、潘訓、臺靜農、劉尊棋、楊剛、孫席珍成立「北方左聯」，之後去日本也與左翼織識份子較接近。「上海左聯」是由魯迅為首的知識份子組成，「北方左聯」則以青年大學生為主，成立後，謝將孩子寄養在孫席珍家，四個進步女性住在一起，經常一起討論工作，同住的段英回憶「我們一個房間住著四個人，都是思想進步的，都很同情她。許多秘密會議都由她分配，我們代表她去參加，自然漸漸成了會員了。」一九三一年她在東京遇上胡風，一起加入中國左翼作家聯盟東京支盟，這對她的創作發生明顯的影響，之前的作品多以個人生活與時代為多，之後則以表現被壓迫的弱者痛苦為主如散文〈女苦力〉、〈挑煤炭的小姑娘〉；小說〈梅姑娘〉、〈新婚之夜〉、〈林娜〉、〈拋棄〉……等等。一九三二年她到廈門，一九三三發生閩變，中華共和國人民政府在福州成立，三個月之後即倒台，她的好友被抓或逃走，她自己也被國民黨通緝，至此她劃清與各種黨派的關係。

此後她疏遠左聯，左聯也疏遠她，來臺之後，她也沒寫過反共文學，創作的重心轉到文學教育與兒童文學，長篇小說《紅豆》、《碧瑤之戀》……皆與政治無關，她依然活躍，但只參與「婦女寫作協會」、僑教、宗教事務，她的位置從激進到保守，主流到非主流，官方到民間，然這是她的選擇。

事實上她與左聯也難相濡以沫，她過於重感情，她對林語堂的知遇之恩無法忘懷，跟林太乙、林如斯也合作愉快，林語堂的「論語派」與左聯是水火不容，在這左右之爭中，我們卻可看出她當時文風事實上是較接近左翼，而與「閒適」、「幽默」較不搭。而謝唯一自負的是自己的作品是少數以肉身參與革命的革命文學，因此她不滿那些只會喊口號的文人，她認為只有在戰火裡打過滾的，才是真正的革命文學。

具有實戰經驗的她當然瞧不起只會喊口號打口水戰的，然出身道學家庭的謝冰瑩是個身體力行，格物致知的行動家，她一生的痛苦都在父權與夫權中掙扎，她的「慣習」與「品味」決定了她的思想，她的道學基底決定了她的走向，她曾經是個激進的自由主義者，最後回歸了理學與道學，一九七七年，她與邱燮友、劉正浩合著《中華文化基本教材》，[8]這時她七十一歲，已回歸父家的道學傳統，將重心擺放在固有傳統道德的教養中，一九八四年撰〈先父謝石鄰先生傳記〉，她又再一次藉傳記回歸父系，在新化的近代學術中，謝石鄰（玉芝）的《羅瓻文存》，被稱頌「亦大可觀」，[9]同年《觀音蓮》由臺北大乘精舍印經會出版，她的佛學著作表現她的思想底蘊。當年她從道德禮教的父家叛逃，如今她已成為現代的道學家。

謝藉「女兵」扭轉「女人」的命運，也藉由「女兵」改寫革命女性書寫，並從左右之爭中殺出血路，經歷這些大風大浪，完成「女兵三部曲」之後，她回歸家庭，為人妻，為人母、為人師，最後回歸父系，可以說她的生命是個圓形回歸的歷程，從宗道—叛逃—分裂—矛盾—整合—宗道的過程中，她成為她自己，不再為「女兵」這頭銜限制。

小結

「女兵三部曲」奠定謝的文學地位，同時也侷限有關她的文學討論，女／兵這個語詞是矛盾又統一的，女質與兵氣相對立，然謝將這矛盾與對立化為統一，並以此身分書寫；女兵的身分在性別上是在男性與女性之間位移，在語言上則是多重的，尤其是日記體，它的讀者原來僅限作者本人，他人不得窺視，本應是封閉系統，卻因公開發行，而成為人人皆可閱讀的僭越者亦是窺視者；作者的血淚史改寫小寫的我成為大寫的我，因此她的文本不僅開放，而且可以再開放直至解讀暢行無阻，這是她作品魅力的重要來源。

她的一生充滿矛盾，她總能將這些矛盾統一，因此遠離政治風暴，而走向離心的書寫，就算在三部曲中讀出那既核心又離心的拉扯，最後也達致恐怖平衡，此為閱讀謝最耐人尋味之處。

*原載《國文天地雜誌》

註

1 謝冰瑩，《謝冰瑩散文》（下），頁三七五。北京：中國廣播電視出版社，一九九三。
2 艾以、曹度主編，《謝冰瑩瑩文集》（上），頁三五四。合肥：安徽文藝出版社，一九九九。
3 魯迅，《魯迅全集》（十二）。北京：人民出版社，一九八二。
4 同註3，頁一五九。
5 梅新林、俞樟華主編，《中國遊記文學史》，頁四六五。上海：學林出版社，二〇〇四。
6 段義孚，《經驗透視中的空間和地方》。臺北：國立編譯館，一九九八。
7 同註5，頁四六六。
8 謝冰瑩等注譯，《中國文化基本教材》。臺北：三民，一九七七。
9 陳立羣〈新化縣古近代學術概要〉，http://blog.sina.com.cn/s/blog_446eb6c50101c6qm.html。

夢與地理

——余光中詩文中的雨書與地圖學*

等你，在雨中，在造虹的雨中
　蟬聲沉落，蛙聲昇起
一池的紅蓮如紅焰，在雨中

你來不來都一樣，竟感覺。
　每朵蓮都像你
尤其隔著黃昏，隔著這樣的細雨

……

步雨後的紅蓮，翩翩，你走來
　像一首小令
從一則愛情的典故裡你走來

從姜白石的詞裡，有韻地，你走來——〈等你，在雨中〉

前言

如果將整首詩中整體的古典意象群當成一種隱喻，對比於有關現代物件與情境的描述，其中的你可轉為古典中國，或詩靈，更或是空白，細雨與紅蓮與蟬聲、蛙聲、這一系列古典的意象，組合而成的心靈畫面，是寧靜純淨的，是靜態，或現在進行式，等待是唯一的動作，來不來都一樣，如同果陀之不可待，這說明的不就是在蓮池旁那個活在當代耐心的等待者，正殷殷期盼著新古典主義的到來？

探討作家的文學美學，意象是把重要的鑰匙，意象派詩人龐德把形象類比為繪畫式表現（pictorial representation），而把意象界定為「智力與情緒的瞬間複合表現」，以及「乖訛觀念之統一」[1]，克羅齊所謂「藝術活動只是直覺，藝術作品只是意象」，或艾略特「用藝術形式來表達情感的唯一方式，便是找出一個『客觀對應物』（objective correlative），即一組物象、一個情境、一連串事件……」[2]；一個作家一生僅創造幾個主要意象或更趨於複雜統合的意象群（imagery），且大多與作者獨特的生命經驗有關。當它們出現時通常精魂踴躍，且能創造出具原創性之佳作，如李白詩中之「酒」與「月」（醉、完美）；姜白石的「冷香」、「冷月」、「波心」（滏、悲傷）；梵谷之「向日葵」（熱情、放射），或歐姬芙之「巨花」（女身），當主要意象形成時，它會反覆出現，且會帶動一連串意象群。

余光中認為「意象是構成詩的藝術之基本條件之一，我們似乎很難想像一首沒有意象的詩，正如我們很難想像一首沒有節奏的詩。所謂意象，即是詩人內在之意訴之外在之象，讀者再根據這外在之象試圖還原為詩人當初的內在之意」[3]，這是一種傾向作者論的觀點，作者透過書寫，祈使著讀者去「還原」自我內在的情意與意圖，而這種個人心性的還原或也跟古典傳統的回復，棲息於同一種脈動中。他的寫作期長，風格也有改變，無論是格律詩時期（以《舟子的悲歌》、《藍色的羽毛》、《天國的夜市》為主)、留美的現代化時期(以《鐘乳石》、《萬聖節》為主)、新古典主義時期(以《蓮的聯想》、《五陵少年》為主)、走回近代中國時期(以《敲打樂》、《在冷戰的年代》為主)、民謠風時期(以《白玉苦瓜》為主)以及歷史文化的探索時期(以《與永恆拔河》、《隔水觀音》為主)等,說明作者大體是朝復古的方向走,格律搖滾、民謠皆為增強詩的音樂性,追求形式之美。不管詩風如何改變,「雨」與「地圖」的意象都鮮活躍出。在散文上從講究字質、彈性、質料的《聽聽那冷雨》到近期的《青銅一夢》,雨與地圖的書寫亦不絕如縷。探討其中的「寓意」與個人生命圖象與詩學之系統完成,說明他的雨書與地圖學出自個人的生命經驗又融匯古典精髓,為本文致力之目標。

以雨的意象帶動一連串意象群如「蓮」、「傘」、「鬼」、「小令」、「水晶球」……皆指向靜態、玲瓏、圓形之指涉;所組成的心靈畫面時而明麗,時而醉狂,酒神與太陽神之美兼具,為古典意象與詩之再造者,而地圖為空間與圖象的象徵,是流動且現代的意象,也是知性的高度表現,稱之為「新古典主義」

者應不為過。然余詩風之散文化與散文之詩化，在雨的書寫中更為明顯，這是他的詩文好讀，也可為文類理論與美學帶來討論空間。而地圖的書寫時期更長，是個人的，也是現代的，也反應作者對圖象的愛好與想像，形構作者的世界觀與宇宙觀。要之，余為五四之反動，先降五四之半旗，左批林語堂，右批朱自清，認為情感不是文學，詩人的理性最為重要，他的詩文美學觀繼承梁實秋，而將新古典帶到極致。

從鬼雨到冷雨——填補與空缺

六〇年代寫成的雨書第一篇是《鬼雨》，它結合對話與莎士比亞詩作輓歌與給文友的一封書信寫成，裡頭大量運用中西古典文學典故與圖像，其中第三節是事件的主軸，描寫詩人將夭折的孩子安葬時，雨下個不停，開頭並引李賀詩「南山何其悲，鬼雨灑空草」起興，這裡將雨與手作生與死的聯結：

雨的手很小，雨的手帕更小，我腋下的小棺材更小更小。小的是棺材裡的手。握得那麼緊，但什麼也沒握住，除了三個雨夜和雨天。潮天溼地，宇宙和我僅隔層雨衣。雨落在草坡上。雨落在那邊的海裡。海神每小時搖他的喪鐘。[4]

鬼雨的意象雖直接由古詩得來，但更轉進一層，描寫生與死的聯結由雨構成，這裡雨的手與棺材的手都無法掌知，故而顯得更小，這種由生入死的跳接，更顯得悽愴。雨在這裡是綿綿無盡的眼淚，也是無所不在的死神象徵。在詩人的雨書中，常牽連出一連串古典意象，如蓮花「落在蓮池上，這鬼雨，落在落盡蓮花的斷肢上，連蓮花也有誅九族的悲劇啊。」蔣捷的《虞美人》「少年聽雨巴山上，桐油燈支撐黑穹穹的荒涼。（而今聽雨僧廬下，髮已星星也？）中年聽雨，聽鬼雨如號，淋在孩子的新墳上。」古詩與新句的對照形成情感的張力。另外改寫李清照的《聲聲慢》為「今夜的雨裡充滿了鬼魂，濕漓漓，陰沉沉，黑淋淋，冷冷清清，慘慘淒淒切切」，使用一連串疊字，皆是潮濕陰暗的書寫。

這可說是余文中最悲淒的書寫，是從雨書開始，也從死亡起興。

以此為底，一九七一年寫成的《苦雨就要下降》雖為東巴人民的苦難而發，一九七〇年颶風奪走五十萬人生命，一九七一年西巴軍隊對東巴人民展開大屠殺，又奪走三十萬條人命，為此披頭士的成員喬治哈里森發起慈善音樂會，詩人以民謠曲名「苦雨就要下降」為題，記錄這場成功的音樂會，對於詩人來說苦雨等於巨大的苦難。直到一九七四《聽聽那冷雨》，雨的書寫擴大為「氣象臺百讀不厭門外漢百思不解的的百科全書」，它也是詩人美感經驗的焦點與散文的大書寫。全文六千餘字，可說是《鬼雨》的延長，除了用典的相同，疊字的運用，作者在文中也說「十年前，他曾在一場摧心折骨的鬼雨中迷失了自己。雨該是一滴濕漓漓的靈魂，窗外在喊誰」，在此以死亡出發，而跳入民族的潛意識底層，而成為古中國的象徵，從亡魂、詩魂、中國魂，詩人也寫出雨魂。個人、民族與文化三者間原本曖昧而錯綜複雜的悲傷、情結，於是在此站在同一陣線，被詩人治煉為運命一體。個人的悲傷需要在國族與文化的敘事中得到慰藉與重生，國族與文化的悲傷也需要在個人生命經驗中得到再次的展現與確認。

詩人的雨魂總有一把傘，一朵蓮，一隻小手，從死亡跳到冷冷的人間，從個人跳到歷史、宇宙，從主觀跳到客觀，而形成全方位的書寫。

他改寫靜態的雨為動態的，從改寫形象為圖象，它們像整組出現的雨陣，反覆出現在他的書寫中。從不停歇的大雨從自然現象中進入到文化視野，從感官企圖介入心靈，不斷遊蕩於個人與社會、歷史與時間、民族神話與虛妄、實在與抽象之間，無所不在卻又無處所在；這些事物的原始意含，也許在多重的轉換之中，將會耗竭或變質，早已不是原本被人想像的樣貌。從符號學的角度來看，雨在這裡是一個掏空心靈與文化的符號，心靈在這裡得到誇大卻是空虛的，文化在這裡得到強調卻是缺席的，雨在這裡頭其實可能是個錯位的私人象徵，讓個人生命的缺憾在民族文化的搖籃中，得到適切的精神補償。斯人已遠，如一滴溼漓漓的靈魂；中國亦遠，隔著千山萬山，千傘萬傘。唯有雨可無處不再，跨越時空，跨越生死，以千傘萬傘，以一片瓦吟千億萬瓦，雨是大自然的奇景，將黑白默片化為多彩的記憶；雨亦是神的再度降臨，為空虛的人間帶來安慰。前塵隔海，古屋不再，雨以斜線，以敲打樂，或化為白雨（霜），作為詩人「變相的自我補償」。

在苦悶又蒼白的六、七〇年代，作者呼喊著從靈視主義出發，強調「對於通常感覺所不及的事物之感受力」，以強大的自我填補這空白，而走向新古典主義與神秘主義，他說：

> 「靈視主義」是巡禮過西方現代畫後回到東方古典傳統，企圖在本質上繼承這傳統的一種精神。它是超工業文明而存在的，對於工業文明，無所謂依附，無所謂逃避。它是在幾何的抽象主義和抽象的表現主義之外的一種抽象手法和精神。在手法上，我們是二元論的，在精神上，我們是古典的。在一切的紛擾之後，古典的堅定和靜觀是何等的可靠；這種古典，不是力的取消，而是力的內斂，不是生命的鬆弛，而是生命的凝聚。如淵之渟，如嶽之峙，我們向外觀察，更向內觀照，作超越的想像，更重沉潛的思索。我們理想的作品，是永恆的結晶，不是瞬間的爆發，是秩序的建築，不是

混亂的建築。5

余的現代版觀念看似融合了中西古今之思想觀念，然其主體卻是相當明確的，就好比是光進入水所產生的折射或散射現象，並不會影響到它的本質，當光破水而出之後，依然能夠回到自身原本的韻律與軌道。現代主義比較像是一種被改良過更加易於操作的工具或者是考驗，余的靈視主義是站在現代的位置，倒著從西方的文化圖像往回走的一種觀念，是一種回溯性的通過儀式。其中預設了自我主體與認同的所在位置，也透露出詩人對秩序的渴望；靈視或西方的思辨，在余的眼中，不單單只是為了個人對於新的生命視野的追求與自我文化的可能性，也是從個人、文化民族到整個宇宙，已然廢傾秩序的重建。余的觀念是一首不斷變奏但底層旋律趨向一致的曲調，從一面看來，余融合各家思想之精華，而成為一集大成者；從另一方面看過去，他也巧妙的迴避了各家思想所面對的困境，既不像現代主義那麼沈溺深痛，也沒有浪漫主義那麼奔放自由，在余版的靈視主義中所隱含的超越與揚棄的思想，跟英美的浪漫或超驗主義比較無關，而是新古典主義。像是充滿自信而出於好奇天性想要傾聽女妖歌聲，卻又不想給迷惑失去性命，而將自己綁在桅杆上的尤里西斯，詩人挺身而出祈求著人們好好的找到一條可以將彼此綁在一起的繩子，一條用理性與古典混編而成的救命之繩，詩人尚且以尤里西斯自我期許。

雨聲說些什麼——文本的鏡象作用

余光中以雨為題的詩甚多，最著名的如《等你在雨中》：「等你／在雨中／在造虹的雨中／蟬聲沉落／蛙聲升起／一池的紅蓮如紅焰／在雨中」，值得注意的是隨著雨的意象，出現的一連串蓮的意象與組詩，蓮在這裡是美與愛的象徵，也是東方與神的象徵，讓詩人信望與膜拜：「已經進入中年／還如此迷信／迷信著美／對此蓮池／我欲下跪」，對於詩人來說，蓮池不僅是美的所在，神的所在，也可能是危厄的所在：「風中有塵／有火藥味／需要拭淚／我的眼睛」；有時它是安全的避難所：「此地很安全／市聲彌留著／這種健忘是幸福的」，「風中有塵」的疑慮與危險是雙重的，一則來自寧靜池塘之外混亂動盪的世道，一則來自蓮花被污泥所包附的根，危機有遠近急迫之別，然詩人眼中所見蓮的優雅不迫，卻散發著一股安定的力量，在風雨中開了一把傘，讓人暫時躲避、安頓與遺忘。如果雨是銷解的符號，那麼蓮則是填補的符號，既隔開了外在的渾濁，也將週邊的污穢自絕於身體之外，莫名間在污染的壓迫下，產生一股淨化聖潔的張力。蓮在消除外在環境的干擾之中，也免除了受它自己形體的約束，而成為某種可以在各種現象與物件中自由穿梭的完美意念；因為「你來不來都一樣」，它也可以是一個空白的符號，字句中不是暗示著人不來的焦急，而是預設了不斷延遲那個你將要到來的歡愉，也因為在詩句的最後「你走來／像一首小令／從一則愛情的典故你走來／從姜白石的詞裡，有韻的，你走來」，人，還是要來的，就好比是人的想望絕不可以輕易消滅。在反覆的「你走來」的誦唸中，事實上，也是現在的缺席，卻是詩人的出現，也是無限的出現。完美無處可尋，只在詩人對蓮花癡情愛戀的詠嘆之中，無限的重複開展自己偶數的花瓣。

就好比他喜歡的姜白石也是雨與花與潮濕意象的書寫高手，如：「雁燕無心，太湖西畔隨雲去；數峰清苦，商略黃昏雨。第四橋邊，擬共天隨住。今何許？憑欄懷古，殘柳參差舞。」這首在雨中追思前人陸龜蒙的詞，詩人憑欄懷古，無奈柳已殘，暗喻著時已往，人已遠，柳本無力，加上凋殘，一切只能憑空嘆息。余與姜兩人性情不同，然都是寫雨的高手。他們也都在追思古人中，感到時空的阻隔，因此蓮花對應著殘柳，都意味著現時的缺席。又《念奴嬌》：

> 鬧紅一舸，記來時、嘗與鴛鴦為侶。三十六陂人未到，水佩風裳無數。翠葉吹涼，玉容銷酒，更灑菰蒲雨。嫣然搖動，冷香飛上詩句。日暮青蓋亭亭，情人不見，爭忍淩波去。只恐舞衣寒易落，愁入西風南浦。高柳垂陰，老魚吹浪，留我花間住。田田多少，幾回沙際歸路。

其中的等待、愛情、詩人的徘徊，蓮葉之田田，情境交互指涉，而產生互文性。舊文本的插入會產生鏡象的效果，兩者相互交映，而有古今交融，詩人錯位的效果。如同一面鏡子，照映主體與客體，古與今，而產生自由替換。

余光中的雨詩到《蓮的聯想》（一九六四）達到一高峰，這時他既追隨古人，也自創新詞，他在出版後記中寫著：「《蓮的聯想》，無論在文白的相互浮雕上，單軌句法與雙軌句法的對比上，工整的分段和不規則的分行之間的變化上，都是二元的手法，這或多或少也呼應到他的「在手法上，我們是二元論的，在精神上，我們是古典的」的見解。在風格上，他的感情甚且是浪漫的，但是卻約束在古典的清遠和均衡中。新詩在早期向口語學習，我手寫我口，到余光中的新古典主義時期，向古詩詞學習，可說是「詩餘」之延長。

他自己對蓮的解釋是：「我的右掌舒展如蓮，蓮心之中，掌紋之中，看得見多少星象呢？」在這裡蓮心比喻為掌心，是詩人仰望的蒼穹，這蒼穹是古典的，他自比杜牧、李商隱、姜白石，而非浪遊江邊的屈原。因為屈原過於浪漫，小李杜在浪漫中還有理性，姜白石的清靈隱逸則是古典的理想了。然詩人追求言有盡而意無窮則是一致。所以他說：

《蓮的聯想》在本質上不是一卷詩集，而是一首詩，一首詩的面面觀，一個 andante cantabile 的主題的諸多變奏。正如一季盛夏，千連萬連以致於牽連億萬萬連，形而上地，只迴漾一朵蓮的清磬。一是至少，一是至多。[6]

所以蓮有連的意思，可以牽連古今，也可牽連無限。雨中的蓮花，是否從淒苦走向超脫了呢？余光中在這裡借用了西方古典音樂與星座的觀念來嫁植出他的東方蓮，他用「如歌的行板」來譬喻自己的詩作，以星座來理解自己的書寫。音樂是一種有關於聲音在時間中產生規律變化的藝術，是由音符組成的流動建築物；星座則是人類透過視覺觀察與想像力，而將生命意象與願望投射到宇宙螢幕的心靈圖式，從點點繁星中發現或創造一個星座的過程，正像是詩人依據自己的想像與生命感觸，在無數的文字中為自己的心靈尋找一個適當的排列組合方式。詩人是文字的音樂家，詩歌則是詩人的星座，詩人是文字的星象家也是音樂家，在余的觀念中是否已將詩的書寫當成一種川流不息的符號流，而必須為不同詩篇間找出可以聯繫彼此的意象母題，數個足以驅動整合其他意象與技巧所構織出的文本網絡間妥善運作的重要節點？他詩作中有關於蓮的意象也跟雨的意象一樣，幾乎相輔相成而同等強烈，當其中一者啟動或兩者同時開啟時，也將會帶動一連串複雜但有軌跡規律可尋的意象運動，規律平整的程度近乎一種文學性的文法規則。所以蓮在此有了「連」的意思，可以牽連古今，可以牽連人事物，抽象與具體、實在或虛構，也可牽連無限，蓮在余的詩作中總是可以中介在所有的詞物之間，它是詩人詩作構句中的動詞，是連接詞，也是感嘆詞。而余的詩作中雖然也常見在西方文學中常出現的象徵物或意象，此外蓮花在跨文化的文學中也是常被用來指涉不同意含的文學載體，但是余詩作中所呈現的蓮花意象，蓮的象徵，卻幾乎未曾遭到其他文化意義的混淆，甚至是蓮花在佛教教義上獨特意義的介入，而始終長保自身那屬於中國的、古典的清香與芬芳，絲毫不受干染。然蓮，雨中的蓮花，在文學史與詩人的書寫裡頭不斷的產生意象運動與自我指涉中，究竟在創作史上產生了怎樣別於以往的格局與心靈圖像，是否總是只能單單指向古典性的淒苦或超脫，聖潔與污穢？

從古典到現代——意象的轉化

另一跟隨的意象是傘，如〈六把雨傘〉的組詩，分別是「遺忘傘」、「音樂傘」、「記憶傘」、「親情傘」、「友情傘」、「傘盟」，說明詩人雨中世界多豐富，傘下如何多采多姿，從「遺忘傘」描寫人們對傘的遺棄與健忘，讓傘在「雨裡盛開／雨後枯萎」；「音樂傘」描寫傘是一件天然而美妙的樂器，由曲線與直線構成，像有著十二個簷角的飛簷，雨夫人間歇敲打著，「重時多壯烈，輕時多瀟洒」；而「記憶傘」描寫收傘時傘收進一把記憶，那是兒時的那一把，蛙聲、布穀鳥、春雨都繞著傘柄打轉；「親情傘」描寫難忘江南的雷雨，與母親的孤魂，該為母親送傘去，當年的孩子卻不見了；「友情傘」描寫暴風雨中一位朋友撐傘來接送，傘像一面大盾牌抵擋雨箭，而朋友的衣衫已濕透，詩人因而憬悟「所謂知己不就是一把傘麼？——晴天收起／雨天才為你／豁然開放」；最後一首「傘盟」，傘成為幸福與安全的象徵，死亡與雨，古典與傘在這裡作一對立聯結：「如果死亡是一場黑雨淒淒／幸而我還有一段愛情／一把古典的小雨傘／撐開一團柔紅的氣息」，傘的詩情與神色是與蓮相近的，是古典與美與愛的象徵，故而讓詩人企首等待：「如果夜是青雨淋淋／如果死亡是黑雨淒淒／如果我立在雨地上／等你撐傘來迎接／等你」。作者依舊是以等待的姿勢，等傘走來。只是這時的你，是記憶或遺忘，親情與愛情與友情，亦是古典中國的美麗與哀愁。

以傘為題的詩還有〈傘中遊記〉，描寫從日本帶回的一把小傘，沒人注意，悄悄掛在門後，只為驚動京都的春雨、禪寺、小徑，古井、翠竹，而他總懷疑在翠竹之後躲著正在咳嗽的白居易，將日本傘代入中國詩人，以中國為中心的視角，其實是有點霸道的。另外在〈給傘下人〉中傘有散場後的空惘：「無端十二摺的一柄小傘／把一夜民謠的歌魂琴魄／長街的雨聲接短巷的雨聲／都摺進散場後的空惘」，令人想到李商隱的錦瑟詩：「錦瑟無端五十弦，一弦一柱思華年。」裡面由樂音所傳達的空惘追憶，讓人走不出「傘的迷惑」。

這些傘的書寫生活化而溫馨，看來傘的牽連更大，而有散文化的趨向，它除了是古典的，也是現在的出席，古典在這裡隔著現實，已成為有距離的美感了。

雨牽動著蓮、傘、手（古人）、而組成的心靈圖畫到底在訴說些什麼呢？在〈雨聲說些什麼〉一詩中詩人不斷自問著，連發六個問句一切似乎沒有答案，只有一句「怎麼還沒有停啊」，說明這個符號不僅是自我填補，還是個永遠填不完的黑洞。它是時空之穿梭，可以反照過去窺探未來，也是詩人照見自我的魔鏡，如〈水晶球〉所描寫的：

迷幻的雨啊飄忽的雨
捉不著，挽不住，看每一顆
在傘骨上尖上正盈盈欲下墜
欲墜而猶懸，經不起一點點搖震

圓滾滾的一顆水晶小球
童年啊從那頭窺探未來
成年從這頭又似乎能夠
恍惚之間能回顧以往
——能回顧以往嗎？
那許多反光的小水塘呢？
滿地的小魔鏡，剛踏碎了
立刻又合起，倒映著奔雲
而放學途中那許多同伴呢？
怎麼一轉身都走散了呢？
問你啊，風裡的水晶球

〈水晶球〉可能是余光中最具有現代主義氣息的詩作之一，是他文學中的自我與認同的追尋在現代主義情境中的展現。表面上看來那些造成我們「能回顧以往嗎？」、同伴「怎麼一轉身都走散了呢？」的嘆息，在每個人的生命中好像各自都有各自的因素，但是當將所有類似的生命經驗擺在一起看時，就不難發現這些其實都跟文明生活的隱疾息息相關。當代的生活充滿著鏡像，各式各樣的螢幕、鏡子，大樓的玻璃帷幕、交通工具的玻璃、後照鏡還有板金、監視器還有攝影器材的鏡頭，甚至是表面光滑經過拋光處理的金屬、塑膠或玻璃纖維等材質的物件，都像是水晶雨一樣的無所不在又無孔不入，幻射出另一種迷幻的真實性。〈水晶球〉談的是原子化卻又錯綜複雜的當代生活情境下，所製造出的鏡像世界，在這個鏡像世界中每個個人的記憶與意識的破碎，也是整體生活情境與脈絡的破碎。破碎本身就預設了可能的但暫時得不到的圓滿與完美，等待著後人去重新拼湊補全，就像是艾略特的〈荒原〉。但是在此刻的詩人，是無能為力的，只能無語問蒼天，「問你啊，風裡的水晶球」，如同作者在詩的末端藉著擬人法逼問造成自己身世飄零的始作俑者水晶球。當一個名為「我」的主體，進入具有反射、折射、散射等作用的雨的矩陣之中，現代的生活處境之中時，這個「我」透過他的視覺系統，將會見到無數個破碎扭曲變形的自己、虛實難辨的記憶還有在其中隱晦閃爍的超真實感，這個我將在大雨之中只能見到無數個來路不明的自己，除了自我之外的他者，已經失去了可以對話溝通的「你」。這個我一開始也許會感到好奇新鮮，隨著自己對於當下變化的無法領略，將會慌張恐懼，最後感到絕望拒絕感受。幽閉的獨白體，破碎鏡子與雨滴的意象，還有不斷只能追溯自身的詰問語調，都是現代主義的也是〈水晶球〉中的主要特徵。但是在這種唯美但絕望的處境之中，詩作中的人物該如何找到出口，也許就是趕緊打起一把古典的紙傘來，將水晶球隔絕於自我之外，不被淋濕，而卻又能仔細的觀察這綿綿不絕的雨勢吧。

夢與地理——由感性到知性

晚期的余光中，自謂「我晚年的散文裡，那種感性逼人的純抒情之作是比較少了」，更多的是記事文與知性散文。但在一些遊記散文裡也時有些許詩情的表露，而且但凡寫到雨總有動人的章句，如寫於一九九三年的〈雨城古寺〉，描寫雨中的西班牙小城：

> 總是從幾點雨滴灑落在臉上開始，抬頭看時，水墨滲漫的雨雲已經壓在廣場的低空，連大教堂的尖頂也淹沒在滃鬱的霧氣裡了。雨腳從遠處掃射過來，濺起滿地的白氣蒸騰。雨傘叢生，像一片蠕蠕的黑蕈，我的頭上也開了一朵，滿巷的黑傘令人想起「瑟堡的雨傘」，淒清得祟人。那張法國片子究竟發生了什麼，早就忘了，但是傘影下那海峽雨港的氣氛，卻揮之不去。雨，真是一種慢性的糾纏，溫柔的縈擾。往事若是有雨，就更令人追懷。我甚至有一點迷信，我死的日子該會下雨，一場雨聲，將我接去。[7]

雨在這裡不僅是令人追懷的往事，慢性的糾纏，溫柔的縈擾，作者尚且迷信自己會死在雨中，令人想到六〇年代寫的〈鬼雨〉，在題目下的引詞是 Edna St Vincent Millay 的詩句：「But the rain is full of ghosts tonight」，雨與死亡相連，也與永恆相連。長達二十年的雨的書寫從鬼雨到冷雨到雨蓮到水晶球又回到死亡之雨，算是雨的史詩，也是雨的死詩。

雨可說是他書寫中的重要意象，也是重要的生命圖象。另一個是地圖，如果雨是感性，溫柔、神秘的，那麼地圖代表的是理性、明朗與壯闊的。一陰柔一陽剛，一優美一壯美，說明作者理性與感性的相融。進入九〇年代到世紀初，余光中的地圖之遊達到另一個高峰，一方面東西遊走，一方面構築他的文學地圖學，從早期的〈地圖〉（一九五六），到〈憑一張地圖〉（一九八四），到〈天方飛毯原來是地圖〉（一九九九）、〈思蜀〉（二〇〇〇）、〈兩張地圖，一本相簿〉（二〇〇〇），作者的地圖學越來越立體與明晰，作者收集的地圖已有「兩百多幅單張輿和二十多本中外地圖冊」，自稱「地圖精」的他，因而建立他的地圖學：

所謂世界地圖，其實就是地球的畫像，但是它既非魯本斯的油畫，也非史泰肯（Edward Steichen）的攝影，而是地圖繪製師用一套美觀而精緻的半抽象符號，來為我們渾茫的水陸大球勾勒出一個象徵的臉譜。那是智慧加科技的結晶，無關靈感，也無意自命為藝術。然而神造世界，法力無邊，竟多采多姿，跟設計家所製的整齊藍圖不同。那漫長而不規則的海岸線，那參差錯落的群島列嶼，那分歧槎枒的半島，那曲折無定的河流，天長地久，構成了這世界的五官容貌，已變得熟悉可親，甚且富有彈性。[8]

他的地圖除了是他的生命史（舊大陸—新大陸—島嶼），也是心靈的逍遙遊，除了收藏地圖，他還喜歡臨圖，愛臨中國的，更愛外國的。他從地圖裡看到歷史也看到政治，西方的地圖反映的是帝國的野心與凝視，作者比較中西方的地圖，發現「重白輕色」的傾向，在比例上固然以西方為多，在次序上也是先西後東。直到一九八二年西安地圖出版社編印的《世界地圖冊》才改變次序與比重，從亞洲始，以南美結。亞非二洲相加的比例佔百分之六十，跟英美相比，顯然較為合理。然此圖雖矯正白人中心的地圖學，還是寄望於中國人在開本與印刷上更求精美。

他又指出西方輿圖的漏洞，皆在亞非，這個業餘的地圖學者，可謂細心與用心，他在輿圖上東西遊走，舉出專業級的勘正，如「蘭德．麥克納利版的《新萬國地圖冊》（The New Cosmopolitan World Atlas）二六三頁列舉世界大島，把印度東部的西蘭島排在爪哇與紐西蘭北島之間，並附注其面積為四萬八千零一平方公里，其實他只有七千一百九十一平方英里，應該往後倒退三十名，排到日本四國島之下。可以說他的地圖學是充滿求真與批判的精神，在此基礎下，他的旅遊散文就有別於一般的遊記，是以地圖學家的精神，作感情的印證之旅，所以才有「大陸是母親，臺灣是妻子，香港是情人，歐洲外遇」的比喻，在他頻頻與空間外遇中，事實上不斷擴充想像的版圖，詩人對空間極度敏感，因而對空間意象的捕捉更為鮮明，這是他的夢與地理的完美結合甚或錯亂，如〈夢與地理〉一詩所寫：

大地多礙而太空無阻
對這些夢與地理之間的問題

鏡中千疊的遠浪盡處
一根地平線若有若無
是海的全部答案[9]

詩人近期作品中將夢與地理結合得最好的莫過於《思蜀》中的幾篇自傳散文，其中〈思蜀〉先描寫在大型地圖中找不到「悅來場」這地方，當他在美國麥克奈利版的《最新國際地圖冊》找到悅來場，讓他喜出望外，而至驚呼：「似乎飄泊了了半個世紀，忽然找到了定點可以落錨，小小的悅來場，我的悅來場，在中國地圖裡無跡可尋，卻在外國地圖裡赫然露面，幾乎可說是國際有名了，思之可哂。」從這裡他開始回憶從童年到少年，七年的避難與求學生涯。這一段回憶恍如桃花源般無爭與溫馨，最難忘的是在銅油燈下，母子脈脈相守之情，還有村人彎腰插秧，曼聲唱歌彼此呼應；更有那布穀鳥咕咕鳴叫，或者在田埂之間，會突然撞見五柳先生。這個桃花源，既是避難的淨土，也是文學的啟蒙地。在這裡他攀在樹上讀書，遇見良師孫良驥先生，讓他的英文進步快速，在讀丁尼生之《夏洛之淑女》，直覺是好詩，而興起「或許那時起繆思就進駐在我的心底了」。

這篇文章是作者晚年的自傳性散文，對於他如何成為詩人與學者，是重要的傳記資料，「悅來場」這個地名，相信在作者的地圖學中是具有重大意義的。另外在〈天方飛毯原來是地圖〉中說明了他從地圖迷到地圖精、地圖癖的歷程：

「憑一張地圖」，就像我一本小品文集的書名那樣，我們駕車在全然陌生的路上，被奇異的城名街名接引，深入安達露西亞的歌韻，露瓦河古堡的塔影，縱貫英國，直入卡利多尼亞的古都與外島，而為了量德意志有多長，更從波羅的海海岸一車絕塵，直切到波定湖邊（Bodensee），少年時亞光版的那冊世界地圖並沒有騙我；那張美麗的支票終於在歐洲兌現，一切一切，「憑一張地圖」。[10]

地圖不僅是文學原鄉的象徵，也意味著可以上天入地作逍遙遊的「天方飛毯」。

它是知識的，也是情感的，是夢與地理，感性與理性結合的圖騰。就像哥倫布，憑一張想像的地圖發現新大陸，詩人憑一張地圖兌現他的種種夢想。

記憶的變形——地圖與相片的刺點

有些地圖不是中國也不是西方，它是隨手繪成，然更引人傷感，在〈兩張地圖，一本相簿〉中，寫妻子我存的父母留下兩張手繪地圖，一張是樂山城區，一張是父親的墓地圖，就在胡家山上。時經五十年，滄海桑田，胡家山早沒了，僅有幾間教室，作者幫妻子在教室牆外一排冬青的前面，這裡有一段動人的描寫：

我存背對著我們，難見她的表情，但我強烈感到，此刻在風中持香默立的，不再是一個六十五歲的堅強婦人，也不是我多年的妻子，而是一個孤苦的小女孩，牽著媽媽的手，來上爸爸的新墳——那時正當抗戰，遠離江南，初到這陌生地爸倉促間捨他們而去，只留下母女二人，去面對一場漫長的戰爭，想想看，如果珊珊姐妹在她這稚齡，而我竟突然死了，小女孩們有多無助，又多麼傷心。[11]

作者由妻子的悲傷與無助轉到自身，而產生同體感，這種失鄉與失怙的痛苦，轉向岳父范肖岩留下的相簿，裡面有妻子小時候的照片，最令他著迷的是岳父岳母的合影，新婚夫妻都穿雪白長衫，與絨布背景對比鮮明，影中人目光灼灼，岳父身材高挑而文弱，一派五四文人的儒雅。也許是時代背景使然，令他想到徐志摩、梁思成、林徽因。岳父死時才三十九歲，和徐志摩差不多。一個時代的悲劇也可說是一個悲劇性的時代。

他的凝視最後放在一張多人的合照，裡面有林風眠、蔡元培的女兒蔡威廉、她的丈夫林文錚，還有許多不知其名的人，這些從未謀面，可說全數不在的亡者，讓詩人產生「但願有誰慧眼，能一聲叫醒英靈」，這篇文章的奇處在由感念岳父，擴大為感念一個時代，感念所有的亡者，而令作者著魔：

那張小照片給放大了四倍，清楚多了，究竟是相中人一下子逼近到我的面前，還是我突然逆向著魔的光陰闖回了歷史的禁區？只見裡面的十九個人目光灼灼全向我聚焦射來，好像我是「未來」的赫赫靶心，但是說他們目光灼灼，也並不對，因為十九個人全在那一刻被時光點了穴，目光凝定，都出了神，再叫他們都不會應了。[12]

在這裡生者與死者，過去、現在、未來交錯且錯亂，這些「陌生」的曾經存在的亡者，恍如活了過來，且逼視著未來，而觀看者成為未來的靶心，他被射中了，就好比因為跟地圖一樣，存在一個刺點，夢與幻想在此飛揚。詩人的圖象，由地圖而照片而鈔票，因為其中有地理，有人，也有夢想與復活。《青銅一夢》跟以往的書最大的不同，是擺了許多照片，作者收藏的鈔票與舊照片，跟以往的旅遊照片不同。它們跟歷史有關，跟夢與地理也有關。鈔票與照片皆是地圖意象的延長，他是屬於詩人特有的，也是現代的，代表詩人寬闊的視野是可上下古今的。

作者的地圖學與羅蘭巴特的攝影學有相通之處，巴特說「攝影的本質是不能與悲愴分開的」。透過相片，他探索「死亡」、「永存」、「時光回溯」這些回歸內在的主題。他藉現象學的方法，即將一切外在事物還原到自我的意識之中，回歸於自己的「零度」，將任何會分隔他與母親的阻礙都暫時凍結，時空都凍結於一張圖象中。為此，他書寫諸多篇幅，研究攝影「此曾在」（過去式與現在式的合一）的本質。無論是地圖或相片都是時空的凍結物，它證明著「此曾在」，也將死亡、永存、時光回溯等回歸於內在，並在內心中得到復活與不朽，使過去與現在，人（空間）與我，生與死合而為一。

照片的本質是以悲愴為基調的，余光中的地圖與老照片也是以悲愴為基調，連雨的書寫也是，而自我從中開解與逃脫。

結語

本文分析余光中詩文中的兩個意象，也可說是兩個主題，雨也包涵在地理裡頭，雖有意象群，尚不能組構心靈畫面，而地圖書寫較為完整而綿長，縱貫它的早年到晚年的作品。如果雨書是古典、感性、個人的，那麼他的地圖書寫是現代、知性而宇宙的。如果雨是死亡與銷解的符號，地圖則是復活與填補的符號，一張又一張的地圖填補記憶與歷史的空白，而形成更為完整的心靈世界。

詩人一方面繼承古典的意象與文字，一方面建構自己的意象與地圖學。旅遊與收集是他往外擴大想像與世界的途徑，從而建立自己的世界觀、宇宙觀，要之，他對空間極度敏感，舉凡上自天文，下至地理，皆有感懷，他的詩文中描寫星象、地理景觀頗為可觀。可說是歌詠空間，或寓時間於空間的詩人。

他跟山水詩人或旅遊作家不同的是，他的腦海中有一張又一張的地圖，精準地補捉地理圖象的重要元素，不管是寫山寫海，寫沙田或高屏，都能入乎其內，出乎其外。其中寫雨的總有針尖般的刺點，或是鬼雨秋墳，或是雨中紅蓮，或是傘開黑蕈，或是水晶雨球，皆有絃外之音，曲曲傳達。意象是進入詩人心靈世界的重要鑰匙，尤其是出現頻繁，而每每成為佳作的作品，它已成為作家的心象，如果它已超出個人，而成為民族的，那麼它可說是神話原型直探民族集體的夢。如同詩人自言：

> 現代詩人莫不需要尋找象徵，屬於他自己的新的象徵。用玫瑰象徵愛情，用白鴿象徵和平，當然是陳舊的，不是一位出色的詩人屑於使用的。他必須去發掘自己的手勢和眼色，去創造自己的旗語和圖案。向日葵之於梵谷，牡牛之於畢卡索，短髮之於海明威，鷹之於傑佛斯，莫非象徵，莫非個人商標式的有系統的意象。[13]

屬於余光中自己的旗語和圖案，雨與地圖頗為突出；屬於詩人的個人商標式的有系統意象當然不僅只這兩個，然在詩人的作品中夢與地理是密切相關，這裡僅提出兩個意象或兩個主題，其他尚待來茲。

*原載《中國近代文化的解構與重建：余光中先生八十大壽學術研討會・第七屆中國近代文化問題學術研討會論文集》

參考書目

・余光中，《左手的繆斯》，臺北，文星書店，一九六三。
・余光中，《掌上雨》，臺北，文星書店，一九六四。
・余光中，《五陵少年》，臺北，文星書店，一九六七。
・余光中，《望鄉的牧神》，臺北，純文學，一九六八。
・余光中，《天國的夜市》，臺北，三民，一九六九。
・余光中，《青青邊愁》，臺北，純文學，一九七七。
・余光中，《與永恆拔河》，臺北，洪範，一九七九。
・余光中，《敲打樂》，臺北，九歌，一九八六。
・余光中，《紫荊賦》，臺北，洪範，一九八六。
・余光中，《憑一張地圖》，九歌，一九八八。
・余光中，《隔水呼渡》，臺北，九歌，一九九〇。
・余光中，《夢與地理》，臺北，洪範，一九九〇。

·余光中，《逍遙遊》，臺北，九歌，一九九〇。
·余光中，《安石榴》，臺北，洪範，一九九六。
·余光中，《五行無阻》，臺北，九歌，一九九八。
·余光中，《日不落家》，臺北，九歌，一九九八。
·余光中，《聽聽那冷雨》，臺北，九歌，二〇〇二。
·余光中，《青銅一夢》，臺北，九歌，二〇〇五。
·羅蘭巴特，《明室攝影札記》，許綺玲譯，臺北市：臺灣攝影工作室，一九九七。
·趙滋蕃，《文學原理》，臺北，東大圖書，一九八八。
·楊宗翰，〈與余光中拔河〉，《創世紀》第一四二期，，頁一三七至一五一。二〇〇五年三月。
·江少川，〈鄉愁母題、詩美建構及超越——論余光中詩歌的「中國情結」〉，《華中師範大學學報》，第四十卷第二期，頁九〇。二〇〇一年三月。
·蘇其康，〈攀越散文的另一陵線、評余光中的「憑一張地圖」〉，聯合文學第五卷第七期，頁一八四至一八五。一九八九年五月。

註

1 原出處：Pound, Ezra. "A Retrospect", Literary Essays of Ezra Pound. Ed. T. S. Eliot. New York: New Directions, 1935. p.3-4。轉引自：黃晉凱、張秉真、楊恆達主編，《象徵主義、意象派》，頁一二七、一三五至一三六。北京：中國人民大學，一九八九。

2 原出處：Eliot, T. S. "Hamlet and His Problems." The Sacred Wood: Essays on Poetry and Criticism. London: Routledge, 1989. 95-103. 轉引自：黃晉凱、張秉真、楊恆達主編《象徵主義、意象派》，頁一二七、一三五至一三六。北京：中國人民大學，一九八九。

3 余光中，《掌上雨》，頁九。臺北：大林，一九六九。

4 余光中，《逍遙遊》，頁一七七至一七八。臺北：大林，一九七七。

5 同註4，頁一五二至一五三。

6 余光中，《蓮的聯想》，頁一五二。臺北：文星，一九六四。

7 余光中，《日不落家》，頁五十一。臺北：九歌，一九九八。

8 余光中，《青銅一夢》，頁二十一。臺北：九歌，二〇〇五。

9 余光中，《夢與地理》，頁三〇。臺北：洪範，一九九〇。

10 同註8，頁六〇。

11 同註9，頁八十七。

12 同註9，頁九〇。

13 同註3，頁十一至十二。

後退與拾遺

——小說世紀初*

今天，舊的藝術已經死亡，而新的藝術尚未誕生。許多事物也都死亡——我們對世界已失去感覺。……只有新藝術形式的創造才能重建人對世界的敏感、復甦事物、消滅悲觀主義。——希柯洛夫斯基

前言——大說時代

希柯洛夫斯基在一九一四年說的話言猶在耳，而那是上個世紀初，世紀的輪替是否存在著可依循的軌跡？在這新世紀初，我們期待的新藝術誕生了嗎？二十一世紀已走到第十一年，這期待似乎因為人們過於急切而有落空的感覺。

二〇〇〇年到二〇一〇年世紀初十年，可說是充滿災變與生態惡夢的十年，前面緊臨一九九九年臺灣九二一地震、隨之而來的是南亞海嘯與美國海嘯、智利地震、四川地震、臺灣八八水災、日本東北三合一災難，九一一事件引起的恐怖主義及美國耗時十年終於擊斃賓拉登，復仇之後的代價令人不安；再加上

氣候異常與末日之說，在末日陰影與金融海嘯雙重打擊中，小說似乎還延續世紀末的恐怖與頹廢美學，憂鬱的書寫仍是基調，悲觀主義還在滋長，在電子書與本土文學讀者大量流失夾殺下，小說只有以極端應對之，如果上世紀初興盛的俄羅斯文學為「白銀時代」，白銀時代是「世紀之交的文化」這一概念的同義語，它與革命、創新、語言緊密相關，那麼屬於我們的世紀初則像是回到「青銅時代」，與鬼神相通的巫術與扶乩，可說是生長在電子時代的怪瘤，沿襲、懷舊、考古，一系列「後」美學當道，後學不已，新意何在？

歷史上的後學與新學不同在「新」有復古、延襲的意思，如「新古典主義」延襲古典，而Post「後」這個字，本有反抗的意思，但不用「反」而用「後」，暗含有「辨證性的反」的意思，它與企圖反抗的對象有著一種歷史性的辨證關係，不可能脫離其反抗的對象單獨存在。因其具有連續性，且包含反省的態度，企圖嘗試反抗之前的美學，因而更顯複雜。「Post」，也有一種超越的意思，就像「後印象派」對「印象派」有所超越。然而在反抗與超越之間，它漸漸失去本體。

也許就是「後」本身的矛盾性與複雜性讓「後」走向停滯不前，交纏不清甚而後退的現象，至於有無新意，反而不是重點，就好像實驗作品，重點在它的精神與過程而非結果。

新的世紀為我們帶來大破壞，一切前景是那麼悲觀，因此沒有新學也沒有新意，反而往後退，找一種安全的方式生存，這也許是鄉土寫實再起的原因，說故事的技藝再受到重視，而且要把故事說得誇人而令人發笑，這便是新世紀初寫作者的「黑色幽默」，就如同許多大部頭小說，一個個架起龐大嚴肅的場景，其中只有一些搞笑的碎片的連貫，也許我們正來到一個碎形的年代，也是混沌年代，碎形這個字多好，破碎、斷裂，看似獨立卻相依而生，自我破碎、歷史感斷裂、沒有固定形狀。安伯特艾可說這是個「倒退年代」[1]，政治與文化的倒退也許是真的，但我寧願相信是「後退」而非「倒退」，倒退是真的退了，後退是以退為進，表面是退，其實是前進之先的反作用力。然文學如艾可所言回到中古世紀不夠遠，有一種假象的倒退是回到神話時期或如詩經年代的偽國風，它對應的也是「青銅紀」，天子與諸侯不分，國風盛行的年代，日常生活嘉年華化，生活無私密，或文學即私密，私密即文學。

只有小說而無小說家，只有幾年級而無個人面孔的時代，小說成為「大說」回歸史詩本質而擴大之的長篇小說有越寫越長之勢，在外國翻譯小說與類型小說帶動下，大河小說成為主流，短篇已不夠看，然優秀的短篇在型制上與散文夾糅而顯精緻化。西方小說延續史詩傳統，中國小說則為「小家珍說」之傳統，小說家蓋街談巷議、道聽塗說之所造的時代不全然成為過去，在小說與大說多空交戰中，顯然大說佔上風。

這真是一個大說的時代，小說越寫越長越厚，在長篇列入國家獎助計畫下，字數與獎金成正比，質感與篇幅成反比，在時間的限制上，本來需時至少三、五年的長篇在一、兩年間要交稿，試問在這種審查制度下，小說家因無發表園地紛紛被迫納入國家的控管中，對小說的藝術性不會有傷害嗎？

不受國家制約的作家，較能自由發揮，然大部頭小說還是需要時間沉澱，十年辛酸，字字血淚的生命之書已少見，在這麼多大說中能感人至深的還真不多。

然而這只是假象的後退不是嗎？其中也包含一些令人興奮的新契機。

極限與誇大

在一個緊縮年代，小說家反而要膨脹作品，這是冰點中要求爆點，無力中要求飆速的反向操作，有幾個現象值得注意：

一、**歷史小說的變貌**：施叔青「臺灣三部曲」企圖以女性歷史觀點為臺灣立傳，從二〇〇〇年寫到二〇一〇年寫了十年，應是這世紀初最具深心之作、如今已進行至第三部，看來還有後續，從《行過洛津》、《風前塵埃》和近日出版的《三世人》時間由清領時代一路寫到二二八，場景依序從鹿港寫到花蓮，再寫到臺北，從男旦、歌伎，到太魯閣之役、日本女子尋根，再到文化協會、皇民化運動、二二八事件，時空跳接，場景紛繁，三部作品各自展露了不同的關懷。寫作風格雖不聯貫，然從文化物件——小腳、歌仔戲、花道、衣服串接的庶民文化史，可說別具風情與意義：鍾文音「島嶼百年物語」且戰且走即將完成，《豔歌行》鎖定九〇年代前後，作者分別援引羅蘭·巴特的「刺點」，以及班雅明的「新天使」作為城市現代化廢墟斷瓦殘垣的寫照，並以新天使自我比擬，陳述在都市現代化的進程中，人類過度追求進步的結果終將成為一場毀滅性的災難；《短歌行》鎖定戰後至七〇年代之間，二十年間夾雜過多史料且時空過大，粗筆帶過部分過多，有點碎亂，然精細的部分仍令人驚喜，顯現作者文筆帶領史筆吃力的窘境；《傷歌行》回歸母土雲林虎尾，以田野採訪採集史料，重建虎尾空軍眷村的歷史，並回溯臺中美日四個族群的記憶，以她的紀實與散文底蘊，想必更能表現她的抒情功力，但看作者參與臺灣歷史的建構，嘔心瀝血的大工程，心中也會生起疑問，一定要寫這麼大？大到連作者都無法掌握？駱以軍《西夏旅館》則朝虛寫歷史的方向走去，裡面有如動畫與遊戲般的戰況與畫景，穿插西夏那一點也不寫實的場景構築；無時間流向的事件敘述；以及怪異的人物與事件，恣肆的遊走穿梭重疊並置解構。作者並無寫實的誠意，而往寫虛的極致衝撞，文字更見詭奇，這是駱以軍文字迷宮書寫的巨無霸版，就像《殺妻者》中描述的：「他已無法控制自己體內狂暴衝動的野性作為帝國擴張領土之資本，變成了自己的癌細胞，在一個鏡廊迷宮裡發狂吞噬著自己的投影乃至自己的本體」。

延續八〇年代的大河小說的書寫，作者紛紛抽離中心與主流，而朝邊緣與庶民歷史走去，如莊華堂的《巴賽風雲》，以極寫真的手法紀錄一九九〇年代臺北縣八里鄉（今新北市八里區）十三行遺址搶救事件中的考古現場與發掘工作，藉此穿越數百年，追溯十七世紀前期在北海岸地區的歷史，是少見的臺灣平埔族民族誌書寫，旁及荷蘭商隊、鄭氏王朝，甚至西方宗教等各種外來勢力入侵之歷史，幅員廣大，氣勢不弱，填補臺灣平埔歷史的空缺。巴代的《笛鸛：大巴六九部落之大正年間》為卑南族首部大河小說，完整結合「巫術文化」、「狩獵文化」、「日人理蕃歷史事件」的部落精彩傳奇，書中女巫作法場面，是作者基於家族歷史，手法寫實，描繪獨到，作者以史料和田野調查為根據，讓卑南族的歷史得以發聲，並參與歷史詮釋。這些去漢人中心的書寫，充滿離心書寫的特質，跨文化、雜語、多元、散發以及細節描述，邊緣的發聲造成的抵中心激流，滔滔地訴說被沉沒的歷史，蒼涼取代悲情，同情與理解在其中閃閃發光。

建構女性史觀企圖彌補大歷史觀的不足，在世紀初還有陳玉慧的《海神家族》，作品的基礎雖是個人的自傳與家族史，然也說明另一種臺灣人的心靈圖形，不受時間與空間拘束，無論在本島或異國，作為臺灣人的悲哀，那是「無父的悲哀，身分的懷疑，認同的渴望，歷史命運的影響，我感受到自己的命運和臺灣有多相像」，漂流在外島的臺灣人更渴望自己是臺灣人，令人想到吳濁流的《亞細亞的孤兒》、東方白的《浪淘沙》，他們建構的是移民／流民的歷史，不同的是男性的歷史像史詩，女性的歷史如抒情詩，「敏感、悲傷，有時喃喃自語，有時有點激動」，裡面還夾雜著民俗儀節，如〈拜七娘媽需知〉、〈安太歲需知〉，這些與庶民更為親近的習俗，裝載著庶民的素樸信仰與美善認知，其中女性的角色頗為重要，如女神（媽祖、七娘媽），女人主祭的（拜地官、拜天公），跟女人生命息息相關的婚禮、葬禮，在這些民間信仰與儀俗中找到女性生活的位置，正因女性的無身分，才會淪入這些底層生活的儀節，這是作者的女性史觀讓她直視女性的孤獨與虛無。作者受存在主義思想影響，對人存在與本質的思考，使得這本小說有別於女性情欲書寫的血肉淋漓，而帶有強烈的女性哲思意味。另外吳明益的《睡眠的航線》，虛實交夾，新舊交替，心理的層次更顯豐富，跳脫歷史小說的窠臼，以小搏大，藉新舊兩代的創傷與疾病，讓次殖民地的歷史、創傷、衝突在敘述中激盪。作者以詩意的自然散文家文體寫小說，由自然生態視角深入個人和家族生命史的潛意識，提出對戰爭與文明的的觀察與反省，特具心理學意義。該書重點著重在對於不同時代族群的角色心靈圖像的描繪，隱約暗示著史實也是由記憶所組成，而在其最深處——人類夢境與潛意識的共同領域——暗藏著和解的希望；另一方面該書引用的資料詳實而註解清楚，將小說文獻化、理論化，指向歷史小說新的可能與方向。

這裡顯現大河小說紛紛衡量時，文字或故事或許可讀，然長篇小說的閒適感、細緻感已不復見。作者在歷史長河中撿拾選擇性的記憶，可惜「歷史天使的臉是面朝著過去的。對我們來說，所看到的一連串發生的事件，對天使來說，卻是同一個災禍，不停堆著一層又一層的碎片，層層飛擲落到天使腳下。」[2]過多的碎片讓我們更迷惘，歷史的天使與歷史的走向不一定是相同，你越想抓住祂，祂離我們越遠，當現代社會已如班雅明在《說故事的人》裡所描述，「經驗已經貶值」，歷史成為贏家謄寫的紀錄，我們還有機會再去審視所謂的「歷史」嗎？

世紀交替與世代交替

二、**年輕世代的早熟現象**：新世紀初的文壇上，新世代（六、七年級生）已經成為不可小覷的文學陣營，如甘耀明《殺鬼》、童偉格《西北雨》、楊富閔《花甲男孩》……等，他們的創作大多以其個人生活為主軸，將個人體驗放大書寫，就像黃崇凱指出他們自己的共相「似有一條潛流指向『大敘事』的終結，轉向碎片化且私我個人的小敘述。」[3]這些以呈現家族敘事成長敘事為基調的青春文學，彌補了臺灣文壇歷來有成人文學、兒童文學，而缺少青春文學的空白，我們的前輩小說家起步較晚，白先勇、王文興、陳映真算早，也有二十幾歲，這些七年級生早則十七歲，晚的也只二十歲就冒出頭，成長於富裕年代的他們，大多在安親班、才藝班長大，能彈一點樂器說一點英文，最重要的是全面在網，自信心十足，因此南征北討獲獎無數，「成名要趁早」的要求更為急切，也吸引了更多的年輕寫手加入這個陣營中，因而出現了朱宥勳、賴志穎、神小風、楊富閔等少年作家，他們對傳統不排斥、對欲望誠實、對自我迷戀，對家庭價值懷疑，在性別上更流動，在一定程度上呈現出現代與後現代文化的某些特點。世紀之交新的文學流派也像通常那樣，是從作家創作小組的活動發展起來的；每個小組周圍都聚集了一些藝術觀相近的年輕作家，不管是 8P 或 22 K，他們很年輕，自稱為「逆風少年」或「花甲男孩」，李維菁更提出「新少女主義」。而他們迫不及待要引領風騷，推出七年級金典，在小說技藝上，他們具有更為細緻的文字，更精巧的敘述手法，然總還不脫離比賽寫手的「殺氣」與「稚氣」，然他們也有早熟的慧見，朱宥勳自稱他們是「重整的世代」，重整被解構的舊秩序，但還不具備整合新秩序的能力，只能眼睜睜看著世界瓦解，而企圖變換隊形，當「感懷」與「追憶」已變成現代文學的重大主題，「復古」風悄然出現，更為精細的掌握細節，描摩心境與物境的微妙之處，這種細微靈魂的描寫是復古也試圖尋找生命的終極關懷，企圖追求本然的良善。

新世代最大的優勢不是電腦，而是對「細微靈魂」的描寫更為講究，而能抓住本然的良善，在美學上也就是新中有舊舊中有新的折衷主義者。

三、**中生代的早乏**：四、五年級的中生代在世紀初剛過了五十，正是小說家成熟且要邁向巔峰之際，然他們寫作的年齡過早，在四十已跨至寫作巔峰，如朱天文、朱天心、舞鶴、蘇偉貞等作者，在經歷過後青春期之後漸漸出現疲態，如朱天文《巫言》、朱天心《荷花時期的愛情》都具有「自我老化」與抵抗潮流的後退現象。朱天文以緩慢的速度與漫長的八年書寫精雕細琢一種介於小說與散文的告白，書寫的外在所經過的時間幾乎跟她所描述的事物與感知覺等長，但內在卻又被有意識的打散分解濃縮成兩百多頁的文字，延續著米亞的視覺和嗅覺寫下了整個九〇年代的混亂、迷惘與漠不關心；朱天心則描寫老去的夫妻企圖藉重返青春之旅，找回失去的熱情，她們的作品抒情性亦大於敘事性，這說明小說家的散文先於小說，抒情先於敘述，頑抗的抒情如此龐大而失去敘述事實的效用。敘事的邏輯跟著生活的無用性一同被拆解，對於現下生活理解的不可能，創作者只有貼著這種亂象在形式上創造出一種混亂的秩序，其中包括一整套極度精緻的用字遣詞的邏輯以及美學，並運用獨白築起一道高牆，將整個世界自絕於外。邱妙津的《日記》令人無言，朱的《巫言》更令人有難言之隱。菩薩低眉欲言又止，彷彿有千言萬語，又好像何必再說，帶著一股不可說的美，更害怕作者將來無言可說。藉由小說形式探索書寫的極限，《巫言》創造一種多點探測的可能，舞鶴《亂迷》則創造單點透視的深度。在文字的矩陣中讓文字自己衝撞，一氣直下，夾帶著以往生猛的性驅力與文字爆發力，讓文字變成小說形式的實驗場。

李昂的《看得見的鬼》與《花間迷情》顯然不如世紀末時的生猛，〈北港香爐人人插〉的盛況不再，黃凡隱居多年再出發的作品有《躁鬱的國家》、（二〇〇三）、大學之賊（二〇〇四）、《貓之猜想》（二〇〇五）、《寵物》（二〇〇六），也不復八〇年代的意氣風發，為何這些中生代作家過早地顯出疲態？除去文學市場的萎縮，小說讀者大量流失，網路也造成隔閡，寫作這古老的手工藝已產生劇變，這變化雖無法與上世紀初的五四文學革命相比，但在文字與媒介的變革也是前所未有，作者與讀者的關係錯亂，發表的平台變多，媒介泛影像化的時代開啟，再生動的文字也比不上YOUTUBE的一段影片，中生代是文字族最後的守護者，他們不依賴網路，卻被時代沖刷到荷花時期的島嶼上，過著文字的魯賓遜漂流生活，用著無人讀得懂的語言刻劃時日。

較為積極擁抱網路的中生代，如蘇偉貞在丈夫病榻旁寫出《時光隊伍》，其強狠力道驚人，作家一旦熟悉新媒介，電腦與靈光交加，其實不用再無言漂流，反而更能超越自己，自稱「西宅」的陳玉慧以及蔡素芬、賴香吟、張惠菁、成英姝……還有後市可期。

長篇小說成為主力，這是文學中最後的根據與反撲。小說家經年累月經營大部頭小說，因時間過長，而顯出疲態，朱天文與邱妙津的作品，隨後舞鶴的顛狂，駱以軍的喧嘩，本身就隱含著這麼一股拒絕妥協的精神，或許欠缺的只是一點與讀者溝通的耐心或誠意。小說整體風格趨向練虛還虛，以虛馭實，在文學語言的試煉上走到了極限境地，感覺上已經來到實驗接近完成的階段；但在歷史記憶的書寫上則另闢蹊徑，傾向以多聲多相甚或寓言隱喻的方式，使用較柔軟流行的語言，來為大河或歷史小說書寫的傳統尋找新契機。在這個脈絡底下看來，一些具有奇幻色彩或是涉及性別議題的小說，也許也是這類傳統書寫題材的變體與破格。另外在中短篇小說與各大小說獎方面，前者著重在抒情與旅外經驗上的描寫，後者則對於現下流行生活與族群歷史記憶同樣感到關心，似乎顯現出一種多元或折衷的興趣。而就是這些相似與相異並陳的特質，構築成新世紀初那半新不舊的氣質。

在情色與性別的表現上，相較於白先勇《紐約客》對於人性高度的關懷，還有阮慶岳《秀雲》對於完美母性與成熟愛的讚頌，不約而同的點出性別與慾望的歸宿，還是寬容與關懷，其中或有遺憾悔恨之處，然就因這些瑕疵，生命變得豐富複雜。成英姝令人驚豔的《男妲》則將主題擺在一個性別踰越的故事裡兼符文學與大眾口味，令人訝異叛逆書寫可以把故事說得這麼靈活有趣。李昂的《鴛鴦春膳》，是一本結合美食與懷舊的小說，寫出作者感官的華麗冒險，從珍稀之物果子狸、穿山甲到平民美食咖哩飯、奶茶，最後結於素齋，看來是繁華歸於平淡，可還是在情慾中翻滾。

有關性別與情慾書寫的小說，在筆調跟觀點上都有破立之處，白先勇與阮慶岳尋著不同的筆調與題材，難以二元歸類。成英姝與李昂的小說則偏重在身體／身分與情感／情慾之間的辯證，前者以男妲作為穿場，後者則以飲食佐味。

四、世代交替的焦慮：新世紀初活躍於文壇的作家，二、三年級悄然退場，四、五年級為撐場主力，

陳映真雖在世紀初推出《忠孝公園》，郭松棻也有《雙月記》，李渝有《賢明時代》，朱西寧《華太平家傳》雖未完成，技巧更見圓熟，在九〇年代還非常活躍的二、三年級作家到新世紀漸漸淡出，四、五年級作家在世紀末已打好根基，在王德威的《跨世紀風華：當代小說20家》中，收入的臺灣作家多以四、五年級作家為主[4]，而他們也的確成功地跨越世紀引領風騷，在過去，世代交替要經過較長的時間打拼，如張大春、黃凡、林耀德，他們在八〇年代漸成風氣之前，都有大量的著作與學界廣泛的討討，二〇〇五年黃凡出版《後現代小說選》自序中說明，他「開創後現代文學」完全出於偶然。這時他將自己的小

說劃分為政治與都市文學時期、後現代時期（一九八五至一九九二）、隱居、復出。在後現代時期並加註（自黃凡發表〈如何測量水溝的寬度〉後，臺灣「後現代文學」文學風潮自此開始，並持續了二十年），呂正惠卻指出，學者蔡源煌與作家張大春的論述推波助瀾方成大局[5]，加入討論的還有作家自己，如林燿德與後來補充者黃凡。可見一個世代的崛起，需要文學評論家與媒體的通力合作，也需要作家的自我論述，四年級作家的推手是蔡源煌；五年級的世代交替的推手是王德威，五年級作家能參與論述的並不多，在這點上他們較為謙退。

二〇一〇後半期，六、七年級生也形成自己的圈子，世代交替的渴望可謂殷切，他們自知要成為大家與單打獨鬥的路途十分漫長與艱辛，也再無評論家為他們背書，於是只有結集成群，打團體戰，他們以網路或部落格為社群，如六年級的 8P 成立「小說家讀者」部落格，引起廣泛注意，但以創作成績論之，只有甘耀明、楊佳嫻、許榮哲較為突出，他們所推崇的袁哲生儼然成為新世代典範，袁雖屬五年級，但他對創作與現實的兩難，在創作、編輯、時尚之間遊走，以及其深沉的文學底蘊，那無政治色彩的個人主義，寫實中帶有諷喻意味的寓言，揶揄人世的詼諧態度，能成為新世代的典範一點也不奇怪，因為他在主流之外，跟他們所面對的時代一樣，在無大師無典律的年代，能進入文學討論，完全靠小說家自己與讀者的努力，這點跟邱妙津有點類似，但又不全然相同。袁以「局外人」破局而出，而邱則以「同志教主」的身分進入論述。

六年級這樣苦心經營，真正能殺出重圍的不多，反而半路殺出的胡淑雯、李維菁令人眼睛一亮；七年級相對來說更為直接，他們不靠網路集結，也不相信「一哥」「一姐」那套，沒有文學前輩引領，乾脆自己出來排排站，直接論述自己加入正統。他們是否能在下個十年成功轉移世代，恐怕還是得靠實力與續航力，較特別的是他們的主力在短篇，也許下個戰場會在長篇見真章。

新意還是有的

五、迷文化與宅文學：如果說宅文學確實存在，那它的特點是遊戲化，刺激化，敘述非線性而是塊狀流動，更具活力與戲劇張力的語言表達富於慾望的感覺。

進入新世紀，手寫的時代過去，作家也變成宅男宅女的一員，他們也玩3C、部落格與臉書，如果說在書寫上有何新意，也就是文學的宅化，他們以更具活力與戲劇張力的語言表達富於慾望的感覺。駱以軍早在青年時代即以電玩、星座入書，之後的許榮哲每每援引《火影忍者》，又有陳柏青、楊富閔以手機、網路與數位相機為小說元素，這些迷文化的描寫非線性而是塊狀流動，所形成的美學是虛擬美學，也就是虛擬替代虛構，奇幻取代魔幻的泛電影化的敘事美學。泛電影化是在影像時代的產物，非寫實敘事也總是充滿了非邏輯性、荒謬性和象徵寓言，構築了一個個與常識經驗相悖的魔幻世界，以表達他們對於現實世界的紛繁複雜、動盪漂移的感受和對於人性黑暗真實的形而上的思考。如果說過去時代的電影主要是一種專業（或職業）的話，那麼，泛網路時代的電影已經成為一種技能（或素養）。

以童偉格的《王考》、《西北雨》來說，他與駱以軍等電玩族不同，剪接超現實的夢影與記憶，企圖把文字圖象化，文字或許已難掌握現實，也失去真正的意義，只有跳接的塊狀物與朦朧的意象，比朦朧詩更朦朧，童偉格描寫的鄉土，是帶有虛擬與遊戲成份的鄉土，它被化約成古文字、古儀式、木乃伊化的肉體，跟舞鶴與駱以軍一樣，他們都沉緬於肉體的想像，那不是知識論的思維而是存有論的思維——身體的沉思。所追求的不是靈性的超脫，而是官能的滿足，誇大的滿足。透過此誇大的官能滿足，身體受到巨創，才能感到自我的存在。這也許是頹廢哲學之所以甘冒大不諱的主要原因。

這些不玩電玩的玩文字或神秘或心理或自然，如吳明益的作品顯然也有迷文化的色彩，不管是所迷的是蝴蝶或山水，都是數位攝影下的產物。那並非真正的自然，而是數位化的自然。

另一種迷狂則是羅莉塔式的，如胡淑雯《哀豔是童年》、李維菁《我是許涼涼》，其中總有一個不老的女孩或男孩在其中，羅莉塔對應的是「正太控」，也許六、七年級作家多多少少也有迷文化色彩，臺灣經過現代主義的洗禮之後，衍生出「後現代主義」或「後女性主義」。另外，新世紀前後奇幻小說如野火竄起，搭上「魔術熱」與「馬戲熱」，實境秀與素人展演的電視節目具有催化的作用，以幻戲入小說最具代表性的莫過於陳思宏的《態度》，魔術熱從太陽馬戲團到素人街頭表演，隨之進入小說書寫中，其中的迷狂又算哪一種？

但胡淑雯等新世代應說是「新浪漫主義」而非「新寫實主義」，它是屬於世紀初的小說，卻有世紀末延伸過來的意味。

浪漫主義最顯著的特徵為藝術家的主觀性。它標舉個人、情緒、奇幻和想像的地位，重視原始的自然，對於歷史保有興趣，對社會現象也熱切關注。因為他們對既有的現實不滿，故而常退隱到古代中世紀傳說中去尋找靈感；矛盾地又對現實社會充滿了變革的熱情，因而特別關心社會偶發的事件，如戰爭、屠殺、災難等。由於現實已無想像空間，所以特別嚮往異國情調，譬如神秘的古文明或異次元世界。混雜與嫁接可以說是他們的專長，如異國魔術秀嫁接鄉土故事，3C媒材與語言組合家族故事，如郵票對倒排比的愛情故事。

這說明寫實主義走到某個瓶頸，客觀的寫作已無法滿足小說家，故而向歷史與異文化、古文明祈求靈感，經營另一個巴比倫花園，將自己的慾望投射其中。網路青年標榜的「熱血」與「搞笑」，改寫新世紀該有的「革命」與「創新」，只有語言是新的。

是的，世紀初的小說家最大的貢獻在語言上，不管是老作家新作家的語言都有新意，結合詩意的散文體加上流行語，我們的文字也朝數位化前進，文字的衝撞與彈跳力道，優雅與殘暴並存，這是以前所未有的。

回顧過去十年，詩文抒情傳統與小說寫實精神拉鋸的結果，是小說的抒情化幾乎抽掉散文的發展空間，一個重小說而輕散文的時代於焉來到，向以抒情詩為傳統的漢文學，滲入西方的史詩敘事，小說匯聚詩、散文、小說三大文類，而形成「大說」，這到底是好事還是壞事？

不管老將或新秀皆有可觀的成績，文學市場萎縮，導引作家不再為市場寫作，更保持寫作的純粹性，是讀者減少，寫作者不但沒減少，反而有增多的驅勢，光全國六、七十個文學獎，參賽者動輒幾百，大型文學獎甚至近千，得獎者的年齡年輕化，大獎校園化（校園文學獎萎縮，參賽人數與獎金皆下滑）這麼多的寫手角逐有限的獎項，獲十個獎才有出書的機會，但在更有限的書市中很難突圍而出，他們比前輩作家更努力，卻沒有發表園地，僅賴文學獎與國家獎助支持，但在這微利時代，文學小眾化，寫作與出版皆無利可圖。但臺灣的文學起碼還維持著自己的堅持，在華文小說中仍有可傲之處。

拾遺補闕——小說研究的「前」瞻「後」顧

新世紀第一個十年倏乎過去，小說新意雖不多，然似乎是尚未從上個世紀過於戲劇化的表現回魂過來，而有拾遺補闕的意味，歷史小說為前輩大河小說的補充，李喬、鍾肇政等人書寫的臺灣史未涉及解嚴後的多元文化，東方白的跨族書寫也缺少原住民部分，對日人的文化也少有描述，新一代的歷史書寫銜接的是吳濁流《亞細亞孤兒》的漢文化與跨文化的書寫。三三集團與駱以軍、童偉格的漂流與抒情風格，更多的是後現代「碎片」美學的發揚，拾的是前代遺魂，補的是自我的風格，朱家姐妹原來風格相近，越走越不相近，駱以軍與童偉格原本不相近，越走越相近，袁瓊瓊與蘇偉貞同樣都是從張愛玲的底子出發，後來可說分道揚鑣，前者寫小情小愛老辣直白，後者寫大愛大恨嚴密得像調兵遣將，一個放鬆，一個變緊，她們要拾掇的是尚未開發的自己。李永平、董啟章的大部頭，帶著濃重的懷鄉與懷舊情結，奇異的是看來特別地新。新世代作家則多為家族史與青春紀事，拾的是家族的遺憾，補的是新語言實驗。

新世紀初為上世紀作補充，看來無新意，但有集大成的意味。

在小說研究上也有相同的傾向，世紀交替，在一片「後」學中，歷史性的回顧成為主流，不管是陳芳明的「後殖民」或王德威的「後遺民」都指向臺灣歷史的政治悲情主義，前者在東方主義中企圖建構臺灣主體，後者卻在漢民族與中國中心思維中將臺灣列為邊緣。不管殖民或遺民都是回顧視角的字眼，我們更需要富於前瞻與整合的論點，在這當中小說又回到鄉土的懷抱，並被命名為「後鄉土」或「新鄉土」，這是否說明我們正存活在缺少新意的世界，紛紛整理舊作或舊理論而進入「拾遺」的年代？

「拾遺」是在文化浩劫後，有志之士搜羅殘遺古籍以為補救。史官與諫官有拾遺之責，如司馬遷《報任少卿書》：「不能納忠效信，有奇策才力之譽，自結明主。次之又不能拾遺補闕，招賢進能，顯巖穴之士。」又《清史稿》〈李菡傳〉：「夫獻可替否，宰相之責也；拾遺補闕，諫官之職也。」以前的史官是歷史家，諫官是政治家，歷史家拾遺補闕是為追求真象，諫官拾遺補闕是為減少施政過失，我們這時代的拾遺補闕有總結以上、期許未來的味道，提醒當今人類文明也正期待一次大更新。

拾遺的目的是為了補闕，也為文學史的建構，故而從二〇〇一年至二〇一〇年可謂選本的戰國時代，兩岸皆投入這項競賽，各式各樣的選本充斥，小至飲食大至百年金典，七年級金典，散文二十家、小說三十家、不管幾家都難獲共識，選本可說是文學的篩選機與大採收，為上世紀新文學的整理，選本越多，遺漏越少，出線的作家也越明確，等於為文學史的作了前置作業。新文學歷史將屆百年，與古典文學相比，雖為小巫，然在典律化的焦慮中，選本可謂野火燒不盡，春風吹又生。

除了選本，文學史的撰寫也勢在必行，陳芳明致力於文學史的建構，歷時二十年尚未完工，宋澤萊的《臺灣文學史三百年》終於修成，然以佛萊的神話理論為基底，對象為中小學生，全文四百頁，蹤橫時間為三百年，看來是簡史。從黃得時、葉石濤的修史經驗中可以看到臺灣文學史難修，不在政治立場，也不在時機未成熟，而是堅持一人單打獨鬥，畢竟通才型的文學史家畢竟少見，因此只有史論、而無史通，較好的選本尚且需要集合眾人之力，否則只能效法魯迅就小說之門類作史略，現今的研究最大的弊病在文類不分，作現當代研究的兼通詩、散文、小說，研究不分文類，包山包海，分工不精就是不夠專業。這在古典文學研究中是不可能發生的現象，卻在現當代發生了。文學史如果小說、散文、詩先分治之，先有小說史、散文史、詩史、戲劇史為前導，再有文學通史是否更為周全？或者先有斷代史，如明清文學史、日治文學史、戰後文學史……，如此逐步完成，是否較容易成功？畢竟我們不缺史論或史綱。

富於統整性的拾遺補闕仍有必要進行，小說研究在現當代文學研究中亦是較熱絡的，然詩人的拚勁有可能跑在前面，散文則尚待努力。新起的當代小說研究已打破地域、族群、性別，跨文化研究成績斐然，只是這把全球搓成大力丸的辦法是該冷卻一下。因為全球化與普世價值可能也是理想化的語詞，它泯滅國界的同時，文學的獨特性更難顯現。

有關世紀初的探討，現在為時過早，畢竟才過十年，但小說研究從歷史的走向解構的，從後殖民到後遺民，從新鄉土到後鄉土，小說研究這門類還是現當代文學研究的大宗，應該最值得期待。

*原載《百年小說研討會論文集》

註

1 安伯特艾可，翁德明譯，《倒退的年代》，頁九至十四。

2 班雅明，林志明譯，〈歷史的概念〉，《說故事的人》，頁一二六至一四〇。臺北：台灣攝影工作室，一九九八。

3 黃崇凱，〈為什麼小說家成群而來〉，《臺灣七年級小說金典》，頁三〇九。臺北：秀威資訊，二〇一一。

4 王德威，《跨世紀風華：當代小說20家》。臺北：麥田，二〇〇二。

5 呂正惠，〈反鄉土小說現實主義傳統的「後設」敘述理論〉，《黃凡後現代小說選》，頁八。臺北：聯合文學，二〇〇五。

頑抗的告白

——以二〇〇七年小說為例*

出版人陳穎青投書平面媒體分析二〇〇七年臺灣出版業的現狀，直接點名這是「有史以來最慘澹的一年」。即便二〇〇三年的 SARS 事件，對臺灣的出版業都沒有造成如此大的打擊。

然與那年不同的是，二〇〇七年幾乎在所有大型書店的銷售排行榜上，「翻譯書都占了一半以上，小說類排行甚至高達九成以上」，全球化的現象籠罩著臺灣的書市，消費者過度仰賴舶來品的輸入，評論者痛陳臺灣出版業已經踏上臺灣電影的後塵。

若說這幾年本土文學市場降到冰點，那麼冰冷中依然出版與能賣的文學書，已進行了慘酷的淘汰，倖存者都有某種頑抗的特質。二〇〇八年初印刻出版《邱妙津日記》與朱天文《巫言》，引起一陣過於寧靜的騷動，這些小說家的告白與獨白，讓讀者見識邱妙津用文字打造心靈工程的籃圖，小說與日記、書信相互印證雷同，反覆訴說書寫治療心病，又導向死亡的絕境。

當文學的純正與經典受到質疑，作家以龐大的書寫堅守文學立場，文學的純度被拉高，頑抗也變成過度的執著，或者表現出太過超然的姿態，產生令人無法承受的輕與重，令人有時不著邊際，有時想從中逃脫，也許這就是為什麼讓讀者困惑，讓評者無言的原因。

文學取材於社會，也自然回應許多社會現象與議題，當然這也包括許多具有特定主題的著作：性別、愛欲、時尚、八卦、文字藝術、書寫自覺等，有主題才有議題，有爆點才有賣點。就像今年德國女小說家夏洛特．羅奇的《溼地》大賣，她抓到女性身體的不潔書寫，衝撞現今過於重視潔淨感與身材外表的審美觀，寫法是嚴肅的，但引人好奇的主題才是賣點。然而一本有議題的書在德國能大賣，在臺灣只能小小賣，臺灣的文學環境令人擔憂。

接下來，我們可以朝著幾個或許互相穿梭的主題前進：從幻（巫）術、物質、告白到歷史等幾個主題不等的方向進行。大體而言，二〇〇七年的小說篇幅越來越長，長篇勝於短篇，寫虛勝於寫實，內向多於外向，陰柔多於剛強的美學特質，然這樣簡單的描述還是無法概括說明其全貌，也許複雜與畸零的特性正是此年之重點，似乎有些事物還在醞釀聚攏之中，然另外一些事物則背道而馳。這些現象看來遠比李昂在《九十六年小說選》序論中所宣告的「臺灣新寫實主義」來得複雜。

獨白的藝術

朱天文《巫言》中的宇宙如同大爆炸般無限的往八方擴張，而邱妙津就顯得狂暴熱情而自溺，她的宇宙邊緣不斷的向中心壓縮聚攏，製造出連恆星都無法承受之黑洞重力。朱將自我以無限的多點透視打散至整個文本與生活之中，作為一種對於現實的抗拒，邱選擇將作為第一人稱的「我」無限放大，「我」貫徹了整個文本，凌駕在各種文學形式與技巧之上，其炙熱的獨白等同無上命令。兩人分別以不同的書寫策略、速度、重量與實際的生命態度，來抵抗一切有關於庸俗，還有這世間種種不純的事物。既往文學的本體回溯，也往個人的生活實踐發展，這些作品被有意識的選擇在這黯淡的一年出版，無疑是在黑暗的時間裡頭所發出的更黑暗的光芒。

形式的極限

如舞鶴所言：「因為形式的獨特，讓我陷入某一種情境之中；我會寫出我原先寫不出來、或是原先沒有想到、或是原先沒有觸及到那麼深的內容。我利用各種構句、各種迂迴的方式、各種上上下下的方式，去表達我所要表達的內涵。」這樣的形式實驗是沿著《十七歲之海》等詩小說而擴大之，然因為這文字矩陣過於龐大與自由，用力過度的結果反而令人難以抓到重點。以文字為利器的作者，多年來的形式實驗到這裡達到頂峰，再也無路可進，寫虛已到空無的境地，故又回歸早期的風格，加入寫實，《非常炸蛋》結合史實與虛誕的文字，編造一段戰爭時期的荒誕家族故事，作者一方面回歸母親的故鄉，一方面書寫非常時期的意識狂亂，目標明確，力道更十足。

另一待關注的是駱以軍的《西夏旅館》，這部長達四十五萬字的長篇小說，已有若干篇章先行發表，並被選入年度選中，作者書寫長達四年多，裡面有如動畫與遊戲般的戰況與畫景，穿插西夏那一點也不寫實的場景構築；無時間流向的事件敘述；以及怪異的人物與事件，恣肆的遊走穿梭重疊並置解構。作者並無寫實的誠意，而往寫虛的極致衝撞，文字更見詭奇，這是駱以軍文字迷宮書寫的巨無霸版，就像《殺妻者》中描述的：「他已無法控制自己體內狂暴衝動的野性作為帝國擴張領土之資本，變成了自己的癌細胞，在一個鏡廊迷宮裡發狂吞噬著自己的投影乃至自己的本體。」在小說家龐大的敘述能量發動下，照見狂亂的歷史與自我。

當作家的書寫藝術成為終極書寫，任由文字在文本的矩陣之中不斷的流竄碰撞乃至於內爆，會碰觸到「神龕」或「神棄」？這些小說的形式主義者紛紛丟出大部頭作品，有意無意的試探著小說在媒材發展上的底線，這是否是一種極限的（後）現代主義，是告白與獨白的哈姆雷特（機器），借文字之屍還形式之魂，驅筆登上千層臺頂，一同頑抗現實？這些現象且還待有心研究者的研討。

繁茂的大河小說與歷史書寫

本年度大河小說的成績亦頗為可觀，施叔青鹿港三部曲進行到第二部《風前塵埃》，歷史的紋理更深，手法更為寫實，第一部《行過洛津》描繪清領移民社會與性別問題，集中處理鹿港的歷史，作者擅長的情欲書寫讓歷史活色生香，而《風前塵埃》則以三個不同的種族、語言生活習慣各異的族群，描繪日治時期的花東。主要人物在客家人、日本人、原住民之間游走，從主觀移出，忠實於客觀的意圖明顯，包含太魯閣族的哈鹿克（「太魯閣之役」），在殖民地移民村和立霧山生活的日本家族（警察橫山新藏、其女橫山月姬），以及愛上橫山月姬的客家攝影師范姜義明。在這部著作中，作者除了研讀當年日本人的詩作、小說作品和人類學家的紀錄著作外，並旁及茶道、花道、庭園建築等文化知識。作者在強烈的歷史意識中，細膩描寫庶民的風俗文化、節慶、衣飾、飲食，可謂用心極深。小說的焦點在宣傳戰爭的日本民族服飾——和服上盤旋，器物與藝術風格的描寫，展現其美術素養，柔化了戰爭的暴戾之氣，可說是充滿陰柔之美的史書。

當雜語與細節構築成個人的小宇宙，演變出多聲部小說，小說家的感情得以無止盡分化增生，董啟章《時間繁史，啞瓷之光》為香港三部曲之二．自然史三部曲第二部：三聲部小說，作者刻意以廣東話發聲，描寫未來可能的世界，作者在生動的語言中，不排斥訴說一個好聽的故事，永遠十七歲的少女守在荒涼的圖書館，等待一個名為「花」的少年，穿越五十年時空來到，這是發生在未來的亡靈世界，三個時空，三個聲部交互進行。就創意而言，作者的想像力驚人，在虛中尤不忘寫實，在虛與實之間得到美妙的平衡。

以心理寫實見長的陳燁推出《有影》與《玫瑰船長》，費時多年完成《封印赤城》三部曲，在首部《姑娘小夜夜》中顛覆兩性刻板印象，《有影》藉一在陰陽交界的亡靈訴說一生滄桑，也記錄著家族歷史，以超現實的視角凝視著家國與自身，可說別開生面；《玫瑰船長》則紀錄陷落在謊言煉獄的海洋子民，祈盼真實的到來。作者流暢的文筆，詳實的考察，加上魔幻手法，作品充滿女性的神秘的氣息，可說是作者的生命之書。

自我生命的書寫，令人好奇的有隱地發表的首部小說《風中陀螺》表現短暫的生命，與永不枯萎的青春，主角段尚勤到七十歲還是「七十歲少年」，對社會充滿激憤，通篇牢騷，這是微觀歷史的年代，每個人都是歷史的一部分；另有李黎的《樂園不下雨》，為擁有少女遊魂般的心靈的作者，追尋樂土，悼念私我之作；林太乙重出《林家次女》，描寫童年回憶的點點滴滴，懷念她與父親之間的情感互動，作者的文筆風趣輕鬆，有乃父之風，此書重新出版等於是給予新一代文學愛好者重新認識林語堂先生的機會。

另外連展聆《淡水河畔百年物語》，描寫祖孫女三代的故事，從大稻埕到三重、淡水河，見證著二次大戰盟軍轟炸、八二三砲戰、八七水災，也見證著無力改變命運的小老百姓的庶民生活。故事偏向女性與庶民觀點，隱約透漏著尋常百姓才是歷史裡最重要的成員，卻常常淪為受害者。顏敏如《此時此刻我不在》描寫一九四七年二二八事件及一九六八年世界學潮影響下，蘇黎世的一場學生暴動，雖遭現實無情澆滅，卻又暗地裡對後世影響深遠的故事。全書只有一百多頁，然伸展的時間從一九二七到一九六八，空間跨越東西，故事場景接連在臺北、香港、倫敦及蘇黎世四座城市上演，故事主軸看似一個愛情故事，實際上內裡包裹著濃厚的政治意識與歷史反省。二〇〇七年的這些小歷史大書寫，對於歷史的構成與理解，早已偏向女性或陰性筆調的史觀，書寫者的性別也不再跟其觀點有固定的關聯；書寫策略不限於寫實或傳統觀點，用來詮釋歷史的語言更是眾聲喧嘩，從中文、閩南語、日語、原住民語言到德語不等，這說明了臺灣歷史之多元與複雜，可以寫成另一多聲部的歷史。

幻術迷狂

新世紀初，奇幻小說如野火竄起，搭上「魔術熱」與「馬戲熱」，實境秀與素人展演的電視節目具有催化的作用，以幻戲入小說最具代表性的莫過於陳思宏的《態度》，另有郝譽翔《幽冥物語》、張瀛太《熊兒悄悄對我說》等。臺灣農家出生，上有七個姊姊，目前旅居德國的陳思宏，特殊的出生成長背景本身就相當引人注目，他以寓言的手法，巧妙交織雜耍世家的家族秘辛，在一個跨越時空的無國界意義上，華麗的馬戲團，繽紛奇幻之幻術與雜耍，混亂又浪漫的家族關係，在流浪中逐漸跨越國界、性別、家族之鎖鍊，尤其對軟骨功男孩的細膩描寫所激發的自由想像，已到出神入化的境地。小說透過奇幻的世界佈景還有瑰麗的筆法，重新去探討文學史中數個常涉及的命題：身分、存有、身體、慾望還有這些事物本身的跨越轉換等，此作品被選為年度小說獎，有其一定的代表意義。

郝譽翔《幽冥物語》藉中國志怪小說之幽玄想像。以北投山區為故事背景，敷衍成一則則詭亂又糾葛的故事。如〈愛慕〉裡的蛇精因羨慕少女的美麗，來到人間，終遭對方辜負；〈房間〉暗夜裡的怪異聲響與幢幢魅影，原是前世訴說不盡的往事。這些故事雖發生在現世，卻穿越陰陽，那些人鬼不分的慾望糾纏，卻也有現實意義。本書既是作者對於中國奇幻傳統在當代的轉譯，也是挪用與復古，與日本重新開發平安朝文學傳統的夢枕獏，或有相似之處。張瀛太《熊兒悄悄對我說》獲得國際書展好書獎，在眾多佳作突圍而出，同屆入圍的還有吳明益《睡眠的航道》、胡淑雯《哀豔是童年》、鍾文音《豔歌行》與巴代的《笛鸛》。故事在童話色彩中講述一個山林村落裡頭的孩童，與自然還有野生動物的關係，裡頭的孩子總是對生命一切的事物感到好奇，有時安靜的傾聽生命與長者的話語，有時興奮的問問題，令人有點想起多年前盛行一時的《蘇菲的世界》或《少年小樹之歌》；看似人煙罕至的森林其實充滿不同的自然物種，而作者透過童趣的筆法，也描述出存在此可見的自然世界之上的靈性與人性。作者用溫柔自然的筆調，促使大人與兒童之間的對話，也增進文化與自然兩者的相互理解。

怪誕書寫作者臥斧的《舌行家族》，在臺灣多年來的政治情境中，具有其特殊嘲諷的意含。所謂路長在嘴上，然在《舌行家族》的詭異世界裡頭，則是歷史長在舌上。小說中透過詭辯欺騙奪得權力、改變歷史的舌行一族，在作者明顯的暗示下，有如聖經中狡猾用腹部行走的的蛇。舌行一族是「操弄文字、隱在歷史背後蠕行的氏族，他們活著的時候，當條靈活巧辯的舌頭；死了之後，則像舌頭舔舐歷史長般地蠕動行走。」在作者的筆下，本書成為一部充滿黑色幽默的寓言小說，頗有向喬治奧威爾或張大春致敬的味道。

情色與性別

白先勇在讀者期待多年後推出的《紐約客》，裡面交雜新作與舊作，故事似乎與《台北人》有著對應關係，它以紐約為中心，展現旅美作家的新視野，尤其在《Danny Boy》和《Tea for Two》這兩篇小說對愛的描寫，在愛滋病的籠罩下描寫兩段超越情慾、差異的愛情，在生命的盡頭，戀人關係也可昇華成照顧者與被照顧者的關係，即便失去了性感的身體，戀人們的激情還是能轉換成深刻大愛。世間唯有絕症跟死亡沒有差別，故人唯有在兩者底下才有機會洞悉人生真相。在白先勇的筆下，愛滋名符其實的使得愛滋生不息，作者於文中對於人生與情慾的穿透與體悟，經過多年已經來到了另外一種境界，回歸到人最基本的需求，也是最終極的關懷。這些年來，從桂林、上海、南京、臺北、芝加哥到紐約，白先勇筆下那些四處流浪的遊子，是否已經在紐約的漂泊中找到了自己的安息？

近年擅長書寫「善男善女」的阮慶岳，在完成大河小說《東湖三部曲》之後，推出溫馨小品《秀雲》，一樣是描寫女性，這次描寫的是神聖母親與前妻還有善良妻子，三人如救贖般接連在一個頹敗男子生命中出現，讓一個自認為無用的男人擁有真愛與希望。裡面描寫母親死前的細節極為感人，情愛相對淡薄，世間諸如死亡或情愛這類終究沒有解答之事，作者以自己的困頓疑惑誠實以對。阮慶岳的文體在此書之後更為成熟，並跳脫七等生的影響，自成一家。

相較於白先勇對於人性高度的關懷，還有阮慶岳對於完美母性與成熟愛的讚頌，成英姝令人驚豔的《男妲》則將主題擺在一個性別踰越的故事裡。《男妲》描寫一個雌雄同體的美貌藝妲，從叛逆的倔強少年，轉變為風情清巧妙絕女子的故事。從小生活在藝旦之家，在鶯鶯燕燕中長大，主角對女性的傾慕投向自身，愛女也愛男的他，在性別與種種的凝視中成為「男妲」，在這裡性別如鏡像亦如衣服，可自由轉換，情欲暗潮洶湧，書寫亦可把故，角色如在戲臺搬演，動作繁多，對白精采，柔情萬千中有喜感穿插，在尖銳的批判中埋藏著無可言說的孤獨與荒謬。故事有深度且也能製造話題，兼符文學與大眾口味，令人訝異叛逆書寫可以把故事說得這麼靈活有趣。

李昂的《鴛鴦春膳》，是一本結合美食與懷舊的小說，寫出作者感官的華麗冒險，從珍稀之物果子狸、穿山甲到平民美食咖哩飯、奶茶，最後結於素齋，看來是繁華歸於平淡，可還是在情慾中翻滾，尤其是力作《春膳》中使用新鮮的語言，大膽描述食慾與情慾，將情慾與生鮮海產做連結，十足生猛；而作者卻又在書中其他篇幅點出食物與記憶密不可分的關係，充滿懷舊氣氛，陳雨航謂其「最動人的地方竟不在吃而是細節描述上所醞釀出來的光影和氛圍」，以及「昔時那些人物所帶來的懷念時光氣味」。以情與慾入飲食，以飲食解情與慾，書中主題橫跨慾望與記憶兩軸，兩者一前一後，相互交纏，構成豐富的飲食文化書寫。

短篇氣勢較弱

林文義不改以往抒情筆調，寫出了《妳的威尼斯》，本書共收錄十七則短篇小說，故事遍及臺灣社會各個階層與生活方式，含有本土與社會觀察的性格，其中如《羽》一篇以客機作為故事的場景，表面上在描述乘客或機組人員在此「非地方」上特殊短暫的互動方式，實則側寫不同出身、不同世代的價值差異。

張系國繼續以食、衣、住、行、育、樂為主題，完成被他稱為大器小說的《衣錦榮歸》。故事主角衣又東，在紐約成長奮鬥，沒有意願繼承成衣家業，於是回到臺北，面對的還是一座陌生的原鄉，同樣是困頓。衣書以服飾的觀念隱喻一座城市的建築，建築跟服飾一樣會老化過氣或更新，也提供人身體遮蔽心靈棲息的所在，在城市中穿梭不息的是男男女女的掙扎與鬥爭，籠罩在之上的則是關於族群、階層還有命運的支配。

在小說選方面，李昂所編之《九十六年小說選》，以及黃錦樹與駱以軍共同編輯之《媲美貓的發情——LP小說選》，前書收錄數篇得獎獲得到好評的小說作品，如陳思宏的《彩虹馬戲團》、花柏言的《龜島少年》、神小風的《上鎖的箱子》還有連明偉的《刀疤》等；後書則以流行的語言，環繞著ＬＰ這個臺灣特有的詞彙概念，收錄了十五篇來自不同世代與書寫風格作家的作品。兩書中收錄部分相同作品，被選入之小說家年紀與使用語言新舊交成，《ＬＰ小說選》中且收錄歷年來不錯的舊作，是參考近年來得獎或重要中短篇小說之不錯選擇。

新人與得獎作品

臺灣目前每年各單位所頒發之大大小小文學獎已近七十座，加上近年來書市與副刊發表空間慢慢萎縮不振，年輕作家莫不選擇參加各大文學獎累積名氣獲得肯定。如前面提及，陳思宏列名二〇〇七年新人中最值得期待的作家之一，亦獲得九歌年度小說獎；另外花柏榮則是聯合報文學小說新人獎得主，二人後續發展皆值得期待。而三大報文學獎得主則傾向一些老面孔，如中時首獎得主為陳柏青的《手機小說》與李儀婷的《走電人》；聯合報跟林榮三則將大獎頒給了黃麗群《貓病》跟楊慎絢的《廢河遺誌》，其中以楊慎絢的醫療背景與作品完成時間最引人注意，長篇《廢河遺誌》據稱歷時七年完成，或值得一看。公立獎項方面，教育部文學獎分別將特優頒給了教師組張經宏的作品《香蕉、蜘蛛、猴》以及學生組許俐葳的《上鎖的箱子》，兩個題材皆著重在對臺灣的集體與私人記憶的描述上，也跟該年出版小說的主題相似。臺灣文學獎同樣也是關注族群、性別與記憶的主題，將獎項頒發給了陳玉慧《海神家族》、霍斯陸曼．伐伐《玉山魂》以及莊華堂《巴賽風雲》，從中時、聯合對於新鮮奇想題材的偏好，乃至於到林榮三以及幾個公立文學獎對於本土記憶的關注，不難看出臺灣文學獎場域中的政治、美學光譜分佈現狀，有其區辨。

綜觀二〇〇七年臺灣小說發展，就市場而言或許如出版人所評是相當蕭瑟的一年，然在文學上似乎又隱然活力充沛，這或許暗示越是艱困的環境，反而提供創作者反彈的能量，寫作是否有可能回應人不默而生與抽象衝動的基本需要，回歸到資本主義發達之前的書寫態度？年初的，串連起了二〇〇七年的臺灣小說，像是陳思宏筆下具有文學仿生術的壁虎，外表有時斑斕絢麗，有時透明詭異，可適應任何地形地物，生存能力極佳；臺灣文學在絕境中，也許會暫時被迫選擇斷尾求生，但堅拒尾大不掉。

結語

或許「後學」氣數將盡，在這新世紀邁入第二個十年，博伊爾教授對近五個世紀的特性進行研究，發現每個世紀的第二個十年的中期都有重大事件發生，而這些事件決定著整個世紀的性格。他還說該事件將決定在未來的幾十年中，人類將享受和平與昌盛，還是忍受戰亂與貧窮。博伊爾教授說：「可能這個事件會與二十世紀初的一九一四年到一九一八年間發生的事件相當，但希望不是如此的災難性。也可能最後的結局會給二十一世紀帶來更多繁榮。」我們才送走世紀初第二個十年，依照現況來看，種族與恐怖的戰火令人顫寒，然這是屬於我們的時代，也只有勇敢面對。

在一個重整的年代，先後退幾步不可免，後退更能觀前顧後，統整過去，叩問未來，拾遺補闕的工作已做得差不多，專家研究也重覆得令人疲乏，顯見研究者的偏食症，將錯失許多被冷待、錯待的作家，再拿出來重新檢驗，所謂幾家的金典式的選擇也過於狹隘，擴大為百家五十家，時間較為完整的選本更為需要，如此我們的文學史研究與撰寫將更容易達陣。

針對現代小說的建構，政治的介入必不能免，我們但求一能統整的大才，能窮天人之際，觀宇宙之變，在這生態浩劫恐怖主義橫行文學凋弊的年代，也許我們今天的死亡不是真正的死亡，而是舊價值的死亡，一個新的時代正在開啟；或許我們的悲觀也不是真正的悲觀，而是過於急切，再過一個百年，想必文學史觀更為圓熟，那時真正浮出歷史地表的會是什麼樣貌？且讓我們拭目以待。

*原載《二〇〇七臺灣文學年鑑》

參考書目

・王德威，《跨世紀風華：當代小說20家》，臺北：麥田，二〇〇二。
・王德威，《後遺民寫作》，臺北：麥田，二〇〇七。
・周芬伶，《聖與魔——戰後小說的心靈圖象》，臺北：印刻，二〇〇六。
・陳芳明，《後殖民台灣：文學史論及其周邊》，臺北：麥田出版，二〇〇二。
・陳芳明，《殖民地台灣：左翼政治運動史論》，臺北：麥田出版，一九九八。
・陳芳明，《殖民地摩登：現代性與台灣史觀》，臺北：麥田出版，二〇〇四。
・葉石濤，《臺灣文學史綱》，高雄：文學界，一九八七。
・劉亮雅，《情色世紀末》，臺北：九歌，二〇〇一。
・郝譽翔，《情慾世紀末——當代臺灣女性小說論》，臺北：聯合文學，二〇〇二。
・郝譽翔，《大虛構時代》，臺北：聯合文學，二〇〇八。
・朱宥勳、黃崇凱，《七年級小說經典》，臺北：秀威資訊，二〇一一。
・陳國球、王宏志、陳清僑編，《書寫文學的過去——文學史的思考》，臺北：麥田，一九九七。

太母山之子

——陳冠學學*

老家在偏僻的山腳邊，不是五光十彩的都市，而是天造地設一色綠的山野。小女兒剛回來，第一個最擭引她的便是東邊的山，尤其那高出一切的南北太母，祇要是空曠無遮蔽的地方，一定東顧看山。也許山是天地間她所見到超出一切、無匹類、獨特的崇偉實體；天雖是高而廣，在她的眼目，祇是抽象的虛影，一點兒也不實在。山纔是她所見世界惟一實在的「大」，因此山擭引了她的眼目。——摘自陳冠學〈山〉，《父女對話》

山下人語

這篇文章寫的雖是女兒眼中的太母山，也是作者心中的太母山，從進入屏東縣界，太母山隱隱浮現，煙雲繚繞看來不高，越往南走山的面目越來越清晰，靠近潮州時，太母山巍峨矗立，然而它不是一柱擎天似地銳利，而是連綿無盡，柔情萬千地圍繞，到哪都有它的身影，這便是屏東的神山，也是屏東的母親山，人稱太母，也就是大武山。它是南臺灣第一高峰，也是卑南、排灣、魯凱三族的聖山。相傳魯凱族人是在雲豹的帶領之下，越過大武山的東稜，來到屏東的霧臺鄉，霧臺經過八八水災如今已遷村，那裡到處是白色的山百合，每戶人家也是以百合花為飾，前幾年在那裡住過一夜，壯麗的山景令人神馳。泰武為排灣所在，每年的豐年祭極為盛大，我參加過一、兩次，有一次還被認為是排灣，叫我去分山豬肉。潮州庄內雖以漢人為多，庄外皆是原民區，因此通婚的狀況很多，許是這樣，許多人血液中混有原民血統，萬隆屬於潮州的一個村，較接近泰武鄉，這裡的血統風貌更混雜，混雜也許是這裡的文化特色，我妹妹博論作排灣族研究，常駐泰武，後來長得越來越像排灣，現在的小孩放在泰武鄉成長，就是希望他成為太母山之子。

山腳下遍佈原始森林，潮州神社、泗林、林邊一帶都是原始森林區，後來被改為公園、跑馬場與維也納森林遊樂場，萬隆因在河床邊，除了大片的蔗林就是河床沙礫地，來來往往都是五分車，交通不便，形成與世隔絕的山村，在力力溪與太母山之間，養成一個與世寡合的逍遙學家，似乎也是種自然。

依傍太母而生的山人，對太母山有著濃濃的情感，南國開闊的田野與山景，形成既豪邁又謙卑的性情，天生的愛好自然，視花草樹木為家人，這許是太母山人的特色，冠學先生就說：「臺灣的山雖以玉山為最高，但是真正能管領千里俟服，特立一方的當推五嶽老么大武山。此山視為世界第一奇山也不為過。早一些的中國海客，稱它大崎山，荷蘭人稱它王冠山，明末稱傀儡山，移民稱太母山，視南伸的蜈蜞嶺為其子山孫山，官定的名稱叫大武山。……此山分兩座，北座叫北太母，南座叫南太母，非筆墨所能形容，能夠親身瞻仰是一大幸（屏東縣潮州鎮和新埤鄉萬隆村的平野是最佳瞻仰地點）。」我家在潮州，朝見太母，晚見太母，常常騎腳踏車在田野中亂繞，繞來繞去，太母永在，讓人心定而不迷失。從小對花草植物格外親切，大人都教你識名，這是龍葵那是紫花藿香薊，家家戶戶陽臺上都有蘭花棚，院子裡種果樹，雜花野草自生自長。

然而先生獨鍾野草，這是為何呢？難道他不愛蘭花？屏東的蘭展是很有名的，尤其是潮州，鄉人愛養蘭，常在比誇誰家花好，現在真的養蘭，發現環境與空氣好，蘭根本不必養，自生自長，它們也是野草的一種呢。

春雨過後，野草一夜之間長高許多，長手長腳似地歡呼，花架前的那株野草長到一人高，還開著小白花，過去每次割草都要作到接近百分之一百清除，近來對野草漸漸失去敵意，也許正在讀冠學先生的《訪草》，他真是野草之知音，對它們充滿感情，緣自於生命意象的重疊，一時之間讓我對它們也產生新的感情，於我是大改變。

歌頌野草的人皆有大叛逆與大傲骨，他們或許自比野草，或許鍾情於它們野生不死的精神，如陶淵明、魯迅，連梭羅也寫野草，它們像是不凋的綠花，他寫著：

> 松樹加入了花季，黃色的花粉散滿了湖和沿岸。季節就這樣漸漸流駛入夏天，彷彿一個人漫遊到愈長愈高的草中。

每個春天，我開始漫遊在愈長愈高的草中。在野草中尋找野草主人的仙靈，野草都有美麗的名字：大花咸豐草、昭和草、馬齒莧、牛筋草、雷公根、酢醬草……，其中最難纏的，秋冬是酢醬草，如水淹般快速覆蓋花草，較嬌弱的薰衣草、繡球花不久枯死；春夏是咸豐草，稍一疏忽就長大及膝，且品相難看，長滿毛刺，稍一靠近兩腳褲管都是刺，怪不得俗名「鬼毛針」。這些草在以前梅雨季今天拔明天生，一個月就要割一次草，如今識得名字之後，好像就有了一份情意，就讓他隨意長，看能長到多高多野？

野草，根本不深，花葉不美，然而吸取露，吸取水，吸取陳死人的血和肉，各各奪取它的生存。當生存時，還是將遭踐踏，將遭刪刈，直至于死亡而朽腐。

但我坦然，欣然。我將大笑，我將歌唱。

我曾經是花的追隨與歌頌者，剛搬來大度山時，半人高的野草圍繞著老屋，請來園丁割除野草，種滿嬌豔的花朵，無奈大度山的紅土不買帳，這塊貧脊帶酸性的紅土地，種會開花的樹簡直是自找麻煩，梅花開花時絕美，只要白蟻上樹，一夕之間趴的一聲倒地，樹醫來了忙包紮，過了一年花開稀疏；玫瑰、玉蘭開了一季，花越開越小，直至香消玉殞；其他的草花如薰衣草、鳳仙、繡球更別說了，一開花立刻被蟲鳥吃了，如今只剩桂花與七里香能夠昂然生存下去，真的是綠肥紅瘦，回復原始森林的原貌，只有綠也只有綠，綠吃掉一切。

這裡原本就是原始森林，兩百年前，熱帶密林遮蔽陽光，樹藤環繞，長臂猴飛來飛去，發出老人咳嗽的聲音，梅花鹿群集，奔馳在草原中。後來日本人來了，在沿海一代大肆砍伐，改種相思樹作為防風林。然而原始的氣息仍然存在，夜裡白霧如蛇蜿蜒，野性難馴。在霧帶中花如何生存？

想到冠學先生與我來自的太母山與原始森林，南國的椰林，只有綠也只有綠，所有的美都藏在這一片綠中，一如大地之母披著綠蘿，赤著腳踩在綠野中，花對她而言太嬌弱了。

我要漸漸習慣野草爬上階梯，蟲鳥吃去花蕊，我要放棄花，走進荒原裡。

花兒不開花沒關係，等到春來它會長滿綠葉，像在對你說：「我很強壯，不要擔心，我是荒野之樹啊！」

在野草中尋找先生之仙靈，感知他愛平凡的美，他不刻意種花種樹，今年過年初一特別拜訪先生的故居，但見院子中雜生著玉薯黍、桂花、仙丹花、野草，再遠一點的空地租給人種鳳梨，以前文章中提到的芒果林與楊桃樹，現在只殘存兩三棵。先生走後，草木荒蕪，毒蛇出沒，家人只有砍去那一大片果林，可能還有菜園，玉米園、稻田，將地租人。屋內的房間不少，傢俱都是幾十年前的舊款式，洗衣機是絕種的品牌，書架很多，擺滿了書，廚房也是老式的瓷磚檯面洗碗槽，他生前常坐的大藤椅就擺在廚房裡，米色格子的椅墊放得好好的。一切的佈置還仿照生前，彷彿先生剛坐在爐前看火，一腳跨出去拔菜，還未回來，他是這樣堅持自供自給，與野草野鼠共生，如此無為無名之人，叮嚀後人萬勿寫傳：

我是森林中的一株樹，小溪中的一滴水，原野中的一棵草，田園中的一根苗，天地間的一個生物，我融溶在整體中，安用名號分別為？

他一腳跨出去拔野菜，抬頭看見太母山，一排石泱明開著鮮黃色的花，像黃蝴蝶飛舞著，他看呆了，忘了拔菜，拉開那紅色生鏽的鐵門出去了。這是九月一日，大溪床上整片菅芒開著白色的花，如一片白色的湖泊，他在沒有車輛往來的大阡陌間漫步幾公里，蹲在路旁跟草說話。他懂草語、鳥語、蟲語，忙著跟它們說話，這一說說到天都黑了，回到家，還好女兒把火關了，否則今晚又沒菜吃了。

有時不想出門，他在庭院散步，一連下了十幾天雨，大樹底下的屋基或後牆上，長出苔蘚與小冷水花，這真是貴客啊，不請自來，我不訪草，草就來訪我。

他想念幼年時的蕭草，它等同於他的幼年時光，有一日尋訪時遇到一小童在放羊，問他何所尋？他回說尋蕭。小童笑著說：搬家了。他問搬到哪裡去了？小童說：搬到無人的地方去了。他悵惘地往前走，不相信蕭草真的絕跡。於是往更深更無人至的山谷中走，終於在山腳溪床沙地上發了一大片蕭草，他祈求這地方永遠不會有人發現，好讓童少年時光跟蕭草群落一起常駐。

他所深愛的蕭草是什麼呢？蕭，即萩。荻是芒草的一種，即蘆荻，莖部含有大量纖維，「荻漿」（amur silver gress pulp）是荻莖做成的造紙的材料，白居易《琵琶行》中就寫著「楓葉荻花秋瑟瑟」，荻開白花，長而垂的荻花在風中飄曳，秋意詩意深濃。他的莖部成吸管狀，小時後沿著河邊玩耍，一邊採蘆荻，折下一段吹肥皂泡泡，它是如此親人與優雅，難怪先生特別懷念，確實現時要再找到蘆荻已是不能。

怪不得他要去找蕭草，在屈原的辭賦中，蕭艾比喻小人「何昔日之芳草兮，今直為此蕭艾也？豈其有他故兮，莫好修之害也。」相反的，在詩經中採蕭的人是美麗的伊人「彼採葛兮。一日不見，如三月兮！彼採蕭兮。一日不見，如三秋兮！彼採艾兮。一日不見，如三歲兮！」葛、蕭、艾在詩經年代是草原三兄弟，也是民生必需品，到屈原筆下變成俗物與小人的象徵，但先生好比是詩經年代的人，他愛草原上的蕭艾，代表他的樸實而叛逆的審美觀，花太短暫絢爛，是非長久性的，只有野草才是恆常的，花脆弱易凋零，野草強韌連野火都燒不盡，相比之下花像個短暫的夢。

萬隆的溪床三姐妹是蕭、艾、蒿，艾草如今風行，作皂、作粿、薰蚊、針灸少不了它，在臺灣的俚語中有「插榕卡勇龍，插艾卡勇健」的說法，艾、蒿長滿他的門庭，他並不以為意，秋天的野外如此荒涼如此蕭瑟，望著那一大片野草野花，他卻感到無比快樂。

他愛秋天，秋天是收成的季節，也是哲思的季節。

每當到了十一月，田野上長滿小金英，千朵萬朵數也數不完的燦爛金光點點，這時他頻頻拉動圍牆紅色鐵門的門把，門把因此不再生鏽，幾乎天天出去看花，為期半年的花期，讓他的行程變得緊湊，小金英日出開花，餉午萎謝，上午是遍地金黃，下午消失無蹤，好像變魔術一般，上午下午各走一趟，截然兩個世界，他彷彿走在幻境，這太神奇了，為此他在田野間流連不已。

為什麼如此愛草，因為野草的「正直」讓人謙卑又讓人尊敬，過往的文人都沒像他一樣寫了這麼多野草的文章，又把書名命為《訪草》：

> 站在草邊，常不自覺有巨人的快意，使人不在意植物。站在樹旁，常不自覺有侏儒的謙抑，使人尊敬起植物來。其實植物普遍的共性是正直，永遠

尚上向光明，即使仆倒依舊爬起，乃是這個世界可敬的高貴生類。

他愛野草永遠向上永遠向明，看到它屢仆屢起，令人積極向上，他的高貴有幾人能懂？

如果是往日的春天，田間阡陌上飛滿黃蝴蝶，絕美的景象十分壯觀，它們是會飛的花，停下來是蝴蝶花，飛翔時是花蝴蝶，小時候他常想這是世上唯一會飛舞的花，是春天變出的魔術。可惜它們的數量越來越少，幾近絕跡。只有一次，在一處已枯的豆田看見約五十隻的黃蝴蝶，跟昔日相比，景觀稀微，他諦視良久，彷彿自己的生命退色，回到慘澹的童少年時光，那時他沒了父親，母子相依為命，他的身體瘦弱，母親擔憂的眼神停留在他身上，彷彿眼前這一小群黃蝴蝶，快消失的火種，母親悽然的神色感染了他，他很早就感到死亡的威脅。

人活著便要面對這一堆消亡，生命的痛苦讓他不斷苦思冥想，他認為存有是悲情的，宇宙悲而無歸，人生也是悲而無歸，故悲劇悲音最動人，因為它能觸動內在根深的悲情。人要衝破這悲情只有執著於正向，而不執著於負向：

佛與莊子教人破一切執著，這是錯誤的。有正面的執著，有負面的執著，正面的執著是真實的人生，負面的執著是錯誤的人生。負面的執著該破，正面的執著不該破，破除了正面的執著就不成其為人生。其實人世的病根只在於貪婪與愚惷。非分與事理不明，這才是人世的病灶。要破只破這兩目，破除了這兩目，人生再無陰翳了，儘管去執著，去執著於對父母兄弟妻子朋友的愛去罷，有能力者民胞物與，儘管去愛你所愛；去愛真理，為真理殉死去罷；去愛戀人，為戀人殉死去吧；去愛你的生地，為生地殉死去罷；去愛你的新筆或舊筆，為了維護它，跟別人打一架去罷；那就是人生，有血有淚的人生。

先生選擇的是回到自己的生地，殉死於自己的生地，而那裡有一大片草原，他要與他們一起站立，正直地站立。

因此他盡情讀書、寫作、與貓狗為友，與小女兒天真對話，他的烈性不因隱逸而稍減，依然是有血有淚的過日子，他描寫一對愛貓如命的年輕夫妻阿痴與阿狂，阿狂剛退伍原本在高中教書，忽然辭職返鄉依靠老母過活，喜歡讀書寫作卻老是被退稿，自己養不活還要養三隻流浪貓，這三隻貓精力旺盛又淘氣，阿癡阿狂為了養它們，遭母親埋怨責罵，後來第一隻英國紳士不見了，第二隻阿憨也不見了，想必被母親放生，沒想到阿憨自己找回家，這次他們帶它離開老家，阿憨不久死去，阿癡阿狂特地帶它回家安葬，第三隻阿美因吃掉阿狂養的鳥被放生，一個月後，兩夫妻因思念阿美，在蔗區呼喚一個上午，喚遍百甲地，幾天後又去找一次，沒找著。過不久，阿狂得到學校聘書，學期結束時，阿狂隨著阿憨到貓的天堂去了。

這個殉貓的阿狂，投射出作者內心的烈性，他的癡、狂、憨，不與世俗相容，這種對於至情至性的追求，依他的理念是正面的執著，對有情萬物情有所鍾為之癡為之狂，這是先生跟其他隱逸者不同之處。

梭羅的隱逸是種實驗，他在華爾登湖畔住了兩年又兩個月，寫出《湖濱散記》，他的前衛與自然書寫影響後世深遠；先生的隱逸從一九七〇年至死未曾離開萬隆力力溪畔，回歸田園達三十餘年，他沒有半途離開，或潦倒以終，這是他積極且正面的執著，隨順自然，並完成自我，長壽安享天年。

如果他生在現代，城鄉無太大區別，交通發達，加以《海角七號》效應，連來義山區都遊客如織，隱逸只能逃到深山作野人，否則只能跟回家當新耕農的青年比鄰而居，可以說他的隱逸有其時代意義。

鄉土散文經典

還記得七〇年代的鄉土主義文學興起，黨外運動勃發，林義雄與鄭南榕事件震驚人心，面對黑暗的政治，先生也曾想有所作為，但是他棄絕了一切，回到故鄉，書寫鄉土與老臺灣，鄉土堂堂進入散文，楊牧說阿盛的《廁所的故事》（一九七八）為鄉土散文發端，我認為先生更早，他在青年時代就在《藍色的斷想》裡歌頌南臺灣之美：

最理想的天氣是上午大晴，下午陰，夜間大雨。這樣的日子我經歷過不少，在世界上天氣最美的南臺灣。

一九八一年出版的《老臺灣》文筆引人入勝，可視為長篇歷史與自然散文，其中有一段描寫臺灣的高山之美為世界少見：

臺灣的山，大海洋四面圍著它，海浪像朝聖者，自曠古以來，以至於今日，直至於無窮盡的未來，一波一波地，向它膜拜。海因著它本身的卑微汙下，它企望有朝一日也能向上掙起，臨風顧盼，超脫恆久以來的容垢納污，證登淨土。因此海喜歡山，崇拜山。但是山，往往離海遠遠的，也許嫌海污了它。海於是看不到山，即便遠遠望見了，一方面是可望不可及，一方面是距離拉矮了山，海也就失去了它對山的敬意。因此若山是遠遠地拉矮成了地平線，海就不以為那是山了。大海洋中的孤島，這裡那裡都有山，然而對整個世界海水來說，世界的山都鍾聚在臺灣，臺灣以整個臺灣，高插雲霄，它不只不嫌海，它還站在海中。

臺灣的山佔據全島面積三分之一，三千公尺以上的高山就有百座，中國五嶽之首華山才兩千兩百公尺，說世界的高山群聚臺灣不為過，這麼高的山嶺往往離海很遠，然而臺灣的高山群就矗立在海中，令大海也覺得渺小。臺灣土地雖小，山的面積很大，四周又是汪洋大海，氣勢壯闊，這山與海組成的蓬萊仙島，自古以來傳說就是神仙居住所在，居住其間的人何等幸運，卻不知愛惜，破壞了它也污染了它。臺灣的山跟其他地方的山不同，它是綠色的山，如開滿綠色花朵的山，連日本詩人也讚嘆「那美是樹木的綠，就是那出奇鮮麗的綠色，以及襯著這份綠色的大紅色的花，這一點是舉世無匹的。臺灣的綠，是一種綠色的爛漫之花。臺灣有份綠已然夠了。還要勝景作啥！在豐富的光熱與雨水下，那繁茂深邃的綠色的山，彷彿滿山開了綠色的花似的。」有這樣綠色的花，還需要種什麼樹，栽什麼花，因此他不去講究庭園景觀或造景，一任野生的樣樹、楊桃樹自生自長，那棵年紀半世紀以上的老樣，長年是青苔鳥的大穀倉，幾萬片樹葉上，經常有多種昆蟲滋生，鳥兒一來就是四、五十隻，一日來回四、五趟，老樹因而益發健壯，枝葉茂密，精神旺盛。夏秋吸飽陽光和雨水，晚秋十一月開花，初春三月樣果纍纍如綠珠，四月大如綠玉卵，五月轉黃，每當樣果成熟時，小女兒跟它們說話，一顆黃樣掉下來，幾乎擦到她的前臂，最後落在腳趾前。他不去摘它，任它們掉落，他最愛聽樣果掉到地上的聲音，那是晚春五月之自然音符，天上降下來的仙果，他這才去撿拾自然熟成的果實，品嚐那天賜的美味。

如果臺灣的高山是綠色的花園，那麼太母山就是神山了，或是母親山，它綿延近百公里，上面住著排灣、布農、卑南族，萬隆緊鄰的來義是排灣所在地，小時候的遠足地點常是來義，同學中也多有來自山裡的原民，印象最深的是長長的吊橋，第一次走吊橋嚇到哭，調皮的男同學故意搖晃吊橋，懼高的我走到一半，臥倒在吊橋上。來義的排灣住的是石瓦屋，種苧麻與芋頭、小米，他們的主食是芋乾與小米，苧麻則是經濟作物，賣給漢人作成麻繩。他們常一群人穿藍布衫黑長褲，頭上頂著竹籃，裡面放芋乾、小米糕，赤腳走到潮州跟開雜貨店的小祖母換米酒與時髦衣裳，交易後席地坐在亭仔腳喝酒，小祖母能說排灣語，我在其中攪和也會講一些「一粒，一粒，馬達，馬達」，在這個多文化多種族的混雜地區，我家是閩人、客俗、原民豪邁性格，好客且多禮。萬隆雖更近山，卻人煙稀少，主要是地勢大部分土地高低不平，農耕人口少，南為林邊溪力力溪，北為高燥地臺糖公司蔗園區，西面有小部分田壢而已，新埤鄉河川地佔三分之一，山腳下餉潭村、箕湖村及萬隆村砂礫地佔三分之一，西面田壢佔三分之一，為少數的可耕地。在這塊貧瘠的土地，只有山是豐美的，四季常青，朝夕四時景色皆不同，晨霧與山嵐是神秘的訪客，熱帶潑辣的陽光曬得人皮膚發亮，一時紅一時熱，許多人的庭院四周種滿果樹，一來遮陽一來隨時有好果子吃。南國是水果的天堂，光是野菜與瓜果就可飽人，何勞庸庸碌碌往外追求？

隱居的生活不但不無聊，還十分忙碌，熟知且熱愛鳥獸蟲魚的作家，與昆蟲小鳥為伴，夜讀時有詩蟲鼃雞作陪。最讓他欣喜的是與女兒的童痴對話，以及女兒對蟲鳥的童痴想像，他們建立自己的自然王國。他們剛回鄉，第一個吸引女兒的就是南北太母山，她喊它們為「山寶寶」、「山公公」：

父女有時坐下來看山，襯著藍天的嶺線，由北而南劃出一條起伏不定的百里柔合的山陵，連女兒也發出讚嘆，有一天她在庭院中玩，忽然問：

「爸爸，有沒有山種子？」

「什麼啊？」

「山種子呀！有山種子的話，在庭裡種一顆，庭裡就長出山來了，我要跟山寶寶玩！」

女兒天真的話語帶給他莫大喜悅，孩子的眼睛是乾淨且有自己的智慧，她跟父親一樣喜愛野花野草，有時她用餅乾盒裝水，拔一株小咸豐草或心葉母草養在裡面，可野草一離土便枯萎，他偷偷給它們換新，女兒並沒發覺，還說：

「爸爸，我很喜歡草。」

「為什麼？」

「草是永遠不會離開的好朋友。」

跟父親生活，感染他對野草的熱愛，自然是欣慰的；其中最可愛的當然是她想給老屋寫信，老父為他代擬。他們初回老家，她時時懷念著澄清湖畔的屋子，尤其是大浴室，於是口述要爸爸幫她寫信：

……我很喜歡您，我不喜歡老家，老家沒有浴池；您那臥室裡的浴室，好大呦！好漂亮呦！在老家，爸爸給我洗澡、我都墊腳站在洗衣機旁，扶著洗衣機，洗衣機還一直動搖呢！老家也沒有電話，現在我也不跟爸爸玩電話遊戲了。可是老家有許多蝴蝶，也有許多鳥兒，更有很多草蟲會唱歌；現在我漸漸喜歡起老家了。………

信寄出後，她天天問老屋回信沒，過半個月終於收到回信，她跟外婆寄給她洋娃娃一樣興奮，催爸爸唸信：

岸香小朋友：

復者信有收到了，知道你們沒有迷路沒也被歹徒捉去有所在居住，我非常歡喜。你有許多朋友，真好。你不要怕小綠，小綠和你一樣可愛。你在我的新衣上塗畫，沒有關係，過幾年再換一件新衣就是了……

老屋居然會回信，連老父也想不到，他猜想是熱心的老先生代寫的信。作家紀錄了許多發生在鄉間、在父女間發生的奇事，並對女兒童真的心靈與舉動感到欣喜，她沒有人類朋友，受的是比人本更人本的自然教育，父親自己教她讀書，她只在家中與田野間學習，之後父親發現她的外語與音樂天份，這都是順著孩子的天性發展出來的。孩子豐富的想像力建立了自己的王國，而且為蟲鳥朋友用英文命名，如紅尾伯勞是她的宰相，名為Long tail，剪耳杜賓狗為大將軍，名為Black，她的百官表還有大使、侍衛、秘書、音樂家、法官。公爵、護民官、花拉比親王、桂山君……他看了這張表，發現是按莎士比亞的劇本的角色建構成立，經過近十年的隱居生活，女兒自學把莎士比亞全集唸完了，沉浸在中世紀的王國中，並建立想像的王國。她沒有人類朋友，隱逸生活養成的女子自是不同。

他孩喜歡子的童真清新，跟他的思想是結合在一起的，孩子是自然的一部分，寫孩子便是寫自然：

小孩子是嶄新的生命，像剛製好的新衣，像剛出品的金筆，纖塵未惹，這又是他美感的基礎之一。新沐者必彈冠。若用小孩子作尺度來度量人間什物，怕所有的用品都得彈。於是你喜歡小孩子喜歡到像匣中的珠玉，像即將展蕊的花苞，像一切新製品。你面對他，不止是自己要先彈一彈，最好是先洗洗、洗洗目，或是索性先沐浴齋戒。小孩子是神聖的，如實地說，這汙濁的人世，也只有小孩纔有資格走進自然：人類自從離開大自然之後，便變得污濁不堪了。

隨著岸香年齡越來越大，他不讓她受正式教育，也鮮少帶她出門，親友的質問越來越頻繁，連妻子也來信問岸香是否還是跟爸爸睡，他這才驚覺女兒長大了，經過八年的偕隱，四歲的岸香已經十二歲，身高一六二．五，逢人不語，不會社交應答，課業常懶得寫，他深怕耽誤女兒，給岸香寫了生平第一封信，信中他讚美女兒跟著自己隱居，恬靜不受繁華吸引，功課都出自自修，然「這一兩年來，爸爸面臨著非得讓你獨立，讓你學習自立不可的階段」，這一年是一九九〇，作家五十六歲，深覺自己體力已衰，再也無法保護女兒，故而寫這封信表明自己該放捨，讓女兒獨立成長，一九九二年，年方十四的岸香出版《梭羅傳》翻譯，作家幫她寫序，說明是將她的作業偷偷拿出來發表，只希望讓小女兒提早對社會作些有益的事。堅持自學的父親飽受輿論壓力，大人隱居沒問題，小孩跟著隱居好嗎？從《父女對話》與其他篇章中，可以發現岸香是熱愛自然的孩童，自學的成績也相當成功。這讓我們反思體制內的教育是否過於僵硬而無法讓孩子適性發展？

一九九三年底，作家將滿六十歲，〈平和的心境〉可說是他田園書寫的尾聲，文中寫著人有兩種活法，一種是詩人，一種是俗人。俗人是為了追求活命工程而生：詩人是一個處處看見美的人，因此他常保有平和的心境。在這裡他一再引用申論年輕時的筆記《藍色的斷想》，發現自己的思想早已確立，且貫徹始終，他擁有的平和心境，他的後半生是詩人的活法。

回顧他的一生，他在田野中紀錄自然，歌頌自然，從隱逸作家成為田園書寫者，一九八一年《老臺灣》為歌頌土地之先聲，《臺語之古老與古典》，論述臺灣語的歷史性與典雅性，為臺語研究的重要著作。一九八三年《訪草》與《父女對話》為自然與親子書寫，一九八四年《田園之秋》隨之在後，為田園書寫建立新經典，連續且密集的書寫成為在地書寫與自然書寫的引領者。他對臺語的研究可謂用心極深，故而在寫作中將臺語文用得相當漂亮：

過去的人總以為閩南語很多有聲無字，其實是不認得正字，臺語幾乎每一聲都有字。如上舉屋韻中的「蓄」字，是著者根據古今音變化中一條法則推出來的。臺語中說「蓄家伙」「蓄田園」「蓄身穿」都是這一個「蓄」。若是過去的人，又要說有聲無字了。這樣的字，著者發現了許多，已把前人有聲無字之說完全推翻。

現代文學中，小說、戲劇與時代同步，散文書寫往往慢半拍，一九七七年鄉土文學論戰，鄉土小說早已蔚然成風，陳映真的〈麵攤〉寫於一九五八年，而臺灣鄉土散文卻在一九八〇年代初期才形成風氣，當時還有兩位隱逸作家粟耘、孟東籬，他們可說是另類的鄉土作家，他們皆有深厚的哲學基礎與植物生態知識，冠學先生是老莊的隔代知己；孟祥森是哲學教授與存在主義典籍的翻譯家，他們的逃世除了是對現政治現實黑暗的「肉身反動」，並透過身體力行書寫臺灣之美，將知性語言帶入散文中，改寫散文向以抒情美文的感性語調，其中以冠學先生田園書寫最為大量與成系統。

如果《田園之秋》是主軸，以日記體融合知性與感性的隨筆散文，那麼《訪草》、《父女對話》則是更為嚴謹的哲理與閒適散文。

《田園之秋》為日記體，語言更為親切自然，心情的轉折更為細緻，在〈晚秋篇〉十一月二日中描寫燦爛的朝日，一洗昨晚的愁悶，他的心開懷地笑了，自比為仙人：

這深秋大晴日裡的顏色、聲音、氣味、氣溫調配得這樣好，我的內心，從視、聽、嗅、觸四覺匯得一個這樣愜意的感印。我懷疑世上果真有仙，會在那裡呢？在山中嗎？在深林裡嗎？不，若世上有仙，仙就在這裡，我就是仙啊！我臼裡搗的是滋身養體的至品。那銀合歡的熟莢不時發出清脆的迸裂聲，將它的熟果彈進臼裡，我得停下來拈出，拿在手裡看，那正是我丹爐下無盡的火種啊！我的那隻大公雞，每當見我搬出了杵臼，總是跟在臼旁，啄食跳出臼外的落米，每隔一段時間，就昂然抬起頭，喔喔地長啼，就近在我的腳邊，那啼聲把我的臟腑都震透，教我的血脈無限的通暢，牠就是我的仙禽啊！此外，我還有仙犬仙貓呢！甚至於還有一頭仙牛呢！而我身後的木麻黃便是一整排仙樹，眼前所見的綠物是種類繁多的仙草，這裡不是仙境是什麼呢？

人的意識中同時存在神仙與魔鬼，當我們悲觀而投向負面能量，悲傷、痛苦、恐懼，那時我們猶如身置地獄中的惡鬼，可是當我們樂觀投向正面能量時，如神仙般快活自在。人常在兩極間浮動，只有草永遠向陽向上，所以他崇拜草，並學習草的正直。我在讀先生的日記時，常感受到他正向的喜悅與自得，而能拋棄悲觀陰鬱，迎向朗朗陽光。然他的作品並非浮學無根的勵志作品，而具有飽滿的思想深度，在日記中他提到本體是虛構，現象才是真實，也就是說眼前的世界最真，鳥音真，花開真，但一般人充耳不聞，視而無睹。人活著最重要的是鑑賞眼前天地。佛家談空，柏拉圖追求idea，道家談道，皆不注重眼前的世界，這是辜負天地之造化，那麼現象為真的終極是什麼？那即是以現實世界為唯一的世界，也是完美的世界。那麼此世界即是仙界，無需他求。人的一生經歷都在腦細胞中，死則化為烏有。

先生的思想融匯百家，而獨鍾眼前世界，較接近禪宗而更自由，因為他不相信任何形式與戒律，是最樂觀透徹的哲學。他不相信靈魂不朽與輪迴，人只要追求眼前世界之美好足矣！為使眼前世界趨於高境界高結晶，必須回歸本我自由與自然相親，因為我們擁有的只有此世界，要竭盡所能地愛此世界，因為此岸即彼岸。

《田園之秋》之所以經典，在於形質皆美，體系大器完整，思想明朗鮮活，有時表現在一草一木的描寫，有時是村童與村人的生活描寫，有時出之以寓言，如虛擬一個客人「伸張」與他暢談哲學，觀賞山景，伸張讚美那兩座大山，說照老時代的人的說法，這兩座大山的附近地域，一定會出特出人物。太母山下出奇人，陳冠學就是其中一奇。

先生理想的世界是小國寡民，政府解體，智識、科技無用，人情返樸，出生存活率降低，體弱懶惰者自然淘汰。如今臺灣中央政府無能，公權瓦解，出生率急速降低。加以地方意識鮮明，然而也還不到人情返樸的狀態，倒是科技引領一切，造成許多體弱與懶惰者，我們不但破壞自然，也疏離自然，導致大地與災害反撲，這些讓我們反思，反自然要付出更大的代價。

屏東文學鮮明的面貌

屏東相對之下，生態保護與無煙囪的農業縣定位，成為難得的一塊淨土，這是太母山的護佑與感召，先生的理想或可在這裡部分實現，每次返鄉，看到南國的椰林、綠野與天空開闊而明亮，景色切換為《龍貓》之場景，故里附近的村庄仍是美麗，我喜歡四春的田郊與竹田的竹筏，檳榔花開時，野香濃郁，果林中滿地掉落腐爛的水果，綠色的南國仍是綠色的。

連萬隆也變化不大，有了馬路與更多的商店與車子，當夜晚山霧來臨時，仍會回歸平靜，先生住過的房子如今靜極了，紅色的鐵門緊鎖，院子的野草更放肆地生長，他如果看這一切一定會笑開，野草才是世界主人！人終歸烏有，自然絕不會滅絕：

但願那一天不會來臨！老天若會毀滅自然就不會創造自然，田園若會死亡早已死亡。這自然與田園既已反覆存在過這麼多年，它理應無窮無盡的再存在下去。只要老天還是自然與田園的主人，自然與田園就可無慮滅，老天將會不變地呵護祂的創造，使之永遠存在下去。

就怕我們變成自然的敗家子，我們應當牢記曾有人這麼全心地疼惜與擁抱這塊土地。

萬隆離山三里，離潮州鎮內三公里，他常騎腳踏車進入市集中買文具與海鮮，這是市區唯一吸引他的地方，他愛吃海鮮，在晚秋篇「十一月二十七日」，他到潮州為親族訂大餅，順便買了孩子們的習字簿、鉛筆、寫生板，又去雜貨店辦了油、鹽之屬，把東西放進紙箱，綁在車子後架，想來想去，好像還少了一件事沒辦，卻怎麼也想不起來，偶一回頭，看見一家食堂的招牌，哦，這才知道缺的是海鮮，可時間才早上九點多，食堂總要中午才開張，難道要瘋轉兩、三個鐘頭，如進菜市場買些草蝦和鮮魚回去，他又是主張君子遠庖廚的人，於是放棄，浩然而歸：隔幾日再到潮州，終於吃到海鮮，又買了十幾個椪柑，剝一個現吃，感到十分滿足，他說「若城鎮對我還有什麼吸引力，那便是大書店的奇書，小食堂的海鮮。」可見他平日是有什麼便吃什麼，番麥、野菜加落果，可說是野人一個。

如果萬隆是植物的天堂，那麼潮州鎮內是吃與物的天堂。潮州人愛吃會吃，什麼都吃，毒蛇、鼠肉、鹿肉、羊肉爐、牛雜湯、烤鳥、烤香腸、炒粿、冷熱冰、最近流行的關東煮及肉包……，可能從小太好吃，讓我的靈魂無法上升，這裡好似修伯雷的小說世界，慾望四溢，感官至上，還好外祖父常到山上打獵，住在一片野林中，從小我就喜歡在野林中探險，常逃往郊外的原始森林，幻想著前世必然是獵人，追隨戴安娜女神的足跡，這是太母山神的呼喚與誘惑嗎？如今我住在大度山，也算半隱，雖不至息交絕遊，常常是孤獨一人漫遊在花草中，生活重心是寫作與教書，最近教書讓我感到痛苦，常想著是否能作到先生的「回家」，然而我的老家在鬧市中，比大度山更繁華，也只能小隱於東海，東海保有部分原始森林，更是我的鄉愁，相思林則是日本人種植的保安林，也有百年歷史；雖然物的執迷常讓我迷失於十里紅塵中，但是最可怕的不是吃與物，而是追逐名利的慾望。如今我早已來到先生寫出《田園之秋》的年紀，卻還沒寫出像樣的自然書寫，這皆因我有一半在紅塵中，寫的自然都是以大肚為主，從第一篇〈小大一〉到〈雜種〉都離不開東海這片森林，因此面對先生的作品一半是敬一半是愧。

先生五十歲寫出《田園之秋》，這時他的思想透過實踐更為圓熟，他的歸隱較像回家，形上與形下兼具。他愛山腳下的農家生活，光椿個米，就讓他感到滿足，採番麥是大工程，動用十幾個村童，耕耘兩甲農地自供自給，陳家村裡大都是親族，大家往來頻繁，他要遠離的是城市與科技文明，這讓我想到隱逸生活不一定能完成隱逸的文學，像與先生同時期的孟東籬、粟耘後來都沒再發表新作，舞鶴的隱居淡水固然寫出驚世駭俗的作品，但畢竟時斷時續。隱逸還必須自力維生，農作更能接近大地，接受自然的賜予，與萬物合一，如此生生不息，而不至成為消極的逃避，而是積極地實踐回歸土地與勞動，農耕與筆耕並進，這點跟其他隱逸者是不同的。

隱逸作家通常完成重要作品，就安於自己的恬淡生活，話說完了，就止於安靜，因此隱逸文章無法長久持續或成為系列著作。先生集中幾年內完成《田園之秋》、《父女對話》、《訪草》……已締造隱逸文學的高峰，就質與量來說都超越前人。陶詩雖多，隱居前的作品居半，陶淵明寫過野草，如「種豆南山下，草盛豆苗稀，晨興理荒穢，帶月荷鋤歸。道狹草木長，夕露沾我衣。衣沾不足惜，但使願無違。」看來他對野草是縱容的態度；魯迅筆下的野草則是隱喻，並非實境，他們的作品的境界雖高，然今人已無法追蹤，先生的作品平易近人，又接近現代人的生活，他所創造的文學太母山，怕是一時難有超越者。

而我是矛盾的，在鄉里間作田野，還流傳他的八卦，先生既是愛美之人，我決定不求善，只求真與美。

在自然中他認為植物最美，並建構了植物哲學，植物的擴張性適度，向光性引發向上性，正直性，至潔至高性，激發多少有志之士，楊逵歌頌「壓不扁的玫瑰」，冠學先生則歌頌植物的不朽性，它的形成層是永遠不死的，巨樹可說是宇宙間的不朽者。他們無吃相、無排洩相，無爪牙、無口齒，不殘不殺，不齒不嚼，不吞不噬，可說「深根寧極，蘊藉爾雅而靜默，一副優美的生命相，莊嚴而典麗。」這種體悟非一般生物學者所能深入，可說是他的生命美學。

先生與我同鄉而不同村，我住潮州鎮內，他住潮州鎮外。萬隆在潮州鎮中算是較有人氣的，地處新埤鄉緊鄰來義山區，其他如獅子鄉、瑪家鄉、春日鄉去都沒去過，因潮州公車不便，一般都是走路或騎腳踏車，潮州是原民區，區內以原民居多，緊鄰北大武山，我日日行走見山，以為天下每個地方皆當如是，一直到外出讀書，才知大城市的山都不高，臺北盆地山雖多，海拔不過一千左右，潮州鎮面對海拔三千多公尺的高山，依傍著東港溪，是大武山下貨物集散地及交通轉運站，商業活動發達，冠學先生早年在潮州教書，開過出版社，他與詩人鄭天送（穗影）為知交，鄭老師是我妹的美術與文學啟蒙師，他家在潮州老街建基路上開手工家事行（傢俱行），對面是我叔公王月耀家，他早年曾任鎮長與立法委員，表叔則為異議份子，曾被列入黑名單，流亡美國多年，任教於大學，晚年回歸故里，一個人獨居於古厝中，百年的紅瓦屋堅持不改建，在建基路上很醒目，這條街住著許多文人學者，現在規劃為「潮州老街」，叔公的古厝變成重要的地景。潮州的外流人口嚴重，跟留學的風氣興盛有關，早期留日後來留美，人稱「高屏三劍客」陳冠學、鄭穗影、何瑞雄，其中兩個住潮州，鄭老師後來筆名改為「沙卡布拉揚」，旅居日本，早年他與陳還合著過《鹿鳴》集，交情非一般，記憶中的鄭老師臉圓圓有小戽斗留著小鬍鬚，為人溫厚熱情，他常自稱大母山腳下人，他們兩人一冷一熱，相互影響，兩人都對文字學與臺語文具有強烈的使命感，鄭穗影說：「陳先生他沒有『自己』，卻在『自我』的覺醒與自適之中，無形為社會盡了他的心血，塑造了人生向上的典型。」鄭老師既是先生的知交，他的話語必能說出一般人無法說出之處。先生沒有「自己」，指的是沒有私心，沒有逸樂的原我與現實的自我，只有良知的超我，他隨順超我的良知，選擇閒適的隱逸生活，這樣的思想與行動，不談空話、具體實現他自己，也成就一種積極向上的非凡典範。他在《老臺灣》的自序中就寫著：

好友林曙光先生、鄭穗影先生，供給史料，關注最為殷切，當永誌不忘。

林曙光是臺灣研究的先行者，早在七〇年代初，發表《林迦翁行狀》，接著是《高雄人物述評》一、二兩輯，論述了近三十位高雄人物和兩家商社，不但首開高雄地方文史著作的先河，也打開高雄地方文史研究之窗。他的文史研究範圍既深又廣，舉凡地理、姓氏、信仰、民俗、諺語、民間故事、政治、文學、商業、教育……，無所不包，他也是三信出版社總經理，他的思想與著作想必也影響冠學先生，潮州兩劍客的著作很早就出現在我家的書櫥中：《象形文字學》、《美麗島牧歌》、《一字一天地》與《老臺灣》翻到快爛掉，這些書現在想來，影響我至深，鄭老師的畫家中也有一、兩幅，畫的都是臺灣美麗的山水，他是個熱情的好老師，教出許多優秀的學生，都說潮州人會唸書愛唸書，主要是自稱韓愈教化之後人，附近還建有昌黎祠，中山路附近書店、租書店聚集，以前一般是買不起書，看站書為多，租書店的書從一流的杜斯妥也夫思基到武俠、羅曼史、漫畫都有，只要交上兩元，就可看無限量，很多人在昏黃的燈泡下，從早到晚趕進度，我們那幾條街不知出了多少博士、老師、民運份子，建基路上有幾家印刷廠、中山路以前是烏秋的十八間厝、忠孝路頭住的是異議份子、路尾是我家與蕭秀利醫院前鎮長家，住在這山水鍾靈之地，我寫散文，就從《我的紅河》寫起。

妹妹因跟隨鄭老師學畫讀書聽音樂，送妹妹許多歌劇黑膠唱片與文學書籍，我們小時候常常聽歌劇、讀書、寫生，我算是間接受惠者。有一次妹妹拜訪鄭老師家，他帶她去冠學先生家，但見房廳佈置精潔雅致，高高的書架滿滿是書，桌上筆筒中插著孔雀毛，這刺激妹妹愛美的神經，日後她成為佈置房間的神手，不但快速，常有神來之筆，譬如窗紗，或自創的花插，有一陣子筆筒中也插了不知哪來的孔雀毛，那時的我們才十四、五歲。

在偏僻的小鎮中，插著孔雀毛的華麗與異國風情，可以想像先生愛美的另一面。

最重要的是對抗庸俗與令人絕望的黑暗，他不是沒有過黑暗的日子，幼年失父，父親死在一起睡的床上，一夜之間變成冰冷的屍體，讓他過早面對死亡，而成為一個愛好沉思冥想者，他有遺傳的心臟病，氣候心情不對就會發作，北部陰冷的天氣讓他痛苦不堪，這讓他放棄更好的工作機會，返回南部，開出版社經營並不順利，其時他還有淑世的念頭，還出來參加選舉，敗選後，想必兩手空空，種種現實的黑暗，讓他選擇回鄉，剛開始還教書，年已四十幾的他還年輕，心臟常發病，他已來到父親往生的年紀，不想再浪費生命，毅然決然回歸萬隆老家。

萬隆為早期臺糖的屏東總廠所在地，一大片的甘蔗林一直連到大武山下，小時候騎車到來義玩都會經過萬隆，不成形的村莊稀稀落落的民居，記得路途中連休息處都沒，只有一棵榕樹下開著一家小雜貨店，我們總在這裡歇腳，那大約是六〇年代，一九八〇年冠學先生隱居萬隆，我剛從東海碩士班畢業，馬上進入報社工作，《田園之秋》在前衛出版社出版時，我的第一本散文集《絕美》約在前衛同時出版，那是一九八四年，我也在第一時間閱讀《田園之秋》，頗為震動，它不僅是田園的詩篇，更是發人深省的哲思小品，對文明的抨擊跟老莊與梭羅是一路的，在文學上獨出一路，天然無雕飾。

一九一五年鍾理和出生於屏東縣高樹鄉廣興村，在屏東渡過年少歲月：一九二七年楊華在獄中書寫《黑潮集》，「聲聲的被生命追迫著的人們的慘呼聲，是荊棘的刺？是雪花般寶劍的鋒芒？一聲聲的穿透了我的心房。」一九六九年七月，作家龍瑛宗又再一次到南方，住宿於潮州鎮，並寫了〈在潮州鎮〉一文，氣候很炎熱，沿途他看著撐著黑傘的婦女，如盲人般拄著拐杖徐徐來去。對潮州鎮的印象是：「這椰子與香蕉的小鎮。這是除了炎熱之外，別無特異處的小鎮，人口約四萬左右。」他特別打聽山地同胞的生活狀況，他們生活寬裕多了，有臺灣人拜訪山胞家，進門要脫鞋，因為地板光潔，裡面佈置有雕華霧玻璃、豪華沙發，還有日本製的電器。

躺在沒有冷氣的床上他回想著許多年前與黃得時一起到墾丁，也曾路過潮州，如今人事皆非，想像著黑潮、白色燈塔、有著彩蝶繽紛飛舞與鬱鬱熱帶樹叢的墾丁公園，因而輾轉反側，感慨萬千。

追溯先生的文學，兼及回顧屏東文學，它擁有自己鮮明的面貌，從楊華、鍾理和、龍瑛宗、陳冠學、鄭穗影、張曉風、曾寬、林剪雲、李敏勇、阿鳩、郭漢辰……，陳冠學在其中佔著重要位置，屏東因有他的文學才有鮮明的面貌，他的生活與文學內涵豐富，探求不盡，我只是開其端，其他如文學、田園、生活、美學，將有專人深入探寫。

春之末夏之初，山野中的酢醬草開著小紫花，木槿花也吐出紅色的舌頭，我將走進那一片野草叢中，追隨先生之仙靈。

*原載《隱士哲人：陳冠學紀念文集》

好MAN的強悍虛構

——論王定國*

用書寫對抗脆弱的現實，現實恰如雲煙，雲煙般的人生，撥開之後，會不會只餘一抹冷笑？

不知道定國是否記得我們曾有一面之緣，三十幾年前，剛出完第一本書，在臺中的茶藝館，希代的主編約我談書，臨時不能來，找來王定國當替身，長得斯文偏瘦像個中學老師，話不多的他，一定很為難；我心想怎麼有人有這種傻氣與義氣幫朋友代打，最後書沒談成，否則我可能是紅唇族元老。

其時他已是中部建設公司的老闆，十七歲就寫小說的他同時擁有文人與商人的身分，因此他有一種抽離性與複雜性，他先是深藏不露的作家，再來是深藏不露的商人，現在遠離塵囂，蒔花釣魚過著半隱居的生活，藏得更深，不露得更迂迴，二〇〇三年復出後的作品，演化他的孤獨美學與詭譎的商戰：〈苦花〉中一個到山中溪釣的男人，被發現死在河流中，各方以為是自殺，其實他是為釣到苦花不慎失足；〈黑影〉中兒子陪著賭鬼拐腳父親去討債，發現債主正要出殯，父親不但沒討到錢，還把全身所有包作奠儀；〈沙戲〉中曾經叱吒商場的建商老闆，因景氣急衰被銀行坑殺，而成為路邊賣果汁的小販，出入都戴著鴨舌帽不敢見人……許多篇小說常以主角的大哭作結。原來二十幾年的商戰，如影似花，譬如以沙作戲，作品的氣氛經營與人道關懷令我想到陳映真、郭松棻那代的小說家，然而那時他也才四十幾，正當創作的黃金時期，事業也在巔峰上，為什麼如此早衰而悲愁？

九二一毀了許多生命，也毀了他的事業，在《美麗蒼茫》與《沙戲》書後的訪談中，得知他在被綁架的過程中，仍從恐懼中抽離企圖主控全局。他的抽離性與複雜性也可能轉化為分裂性，我曾看過他推出的建築，驚人的氣派，典雅的繁複裝飾，之後在作品中讀到的世界則是清冷與哀愁，這種反差也出現在他的作品中。如〈囁嚅〉中的范康夫妻，兩人因相親結婚，過著平靜的夫妻生活，未生育的范康太太在丈夫的日記中發現一行可疑的文字「終於在黑暗的世界找到你，今天中午，電話中」，她的淚水淹沒字跡，認為丈夫從未愛過她，因而日漸憔悴病死，實情是教書的范康教到暗戀的女人孩子，特別照顧著這孩子，讓太太誤以為是偷生的孩子，而他的懦弱只換來她一通電話「我是新凱的媽媽——」，一個連手都沒碰過的女人，因著他的癡念而付出莫大的代價。純情與幻滅，美麗與悲劇，常是他小說中重要的對比與反差，所有的嘲諷與戲劇衝突由此而生。

有時也俗麗得驚人，如〈孤芳〉中，流鶯的女兒成為高級妓女，他描寫著「那種瞬間解脫的快樂她體會不到，也不想體驗快樂到底是什麼？汗流浹背的男人明明衝刺得喘不上氣，也要趴在耳畔噓寒問暖：你有爽麼？你有歡喜莫？有爽你就講！緊講有爽！有時她只好虛喊兩聲應應急，甚至配襯幾句不容置疑的尖叫聲。時常因為這樣，使她想起像她這個年紀就離世的父親，下葬那天她被後面一隻大手壓下，強迫她把頭磕在草地上，道士每念一串吉祥話，她便喊一聲有。」也許性就是這般俗麗不可能清越，然他有時出現輕點神筆，「雪的身體，雪的靈魂，像一隻手掌的兩面，長在我身上那麼自然地擁有著。一切充滿神奇。」此時期的作品充滿人間煙火味，戲劇性與情節都絲絲入扣，這就是他說的：

> 小說與建築，前者如履薄冰，情境的書寫成為探險者的天堂；後者則常因為玩得過火，很多人都跌落地獄。九二一地震之夜，台中許多建商朋友的

建築物應聲而倒，那時我才深深體會到，小說的虛構遠比鋼筋水泥要強悍多了。

事後他在南投蓋別莊，溪釣成為他最長久的嗜好，最佳紀錄是二十八公分的大苦花。原來他把自己寫進小說，而且寫死了，虛構這一切並藉此抽離。溪釣與海釣也許並無不同，都是專注與等待的藝術，感覺上溪釣更是孤獨而厭人的。他書中的男主角常具有《大亨小傳》蓋茲比情結，極盡一切追求成功，內心卻有著永恆的戴西與傷痕。

他是很難斷代與定位的作家，七〇年的早期寫作，沒搭上鄉土熱，卻精潔好看，錯會的愛情與軟弱男性的懊悔最是令人印象深刻，他真的很會寫女性，與單向的愛情；八〇、九〇停筆二十五年，沒搭上後現代的魔幻與後設，二〇〇三年再出發，保留了人道寫實主義的神髓（雖然那時大家都很魔幻與後設），他搭建的古典宏偉建築倒了，在小說中可以看到他蓋房子的宏偉骨架與繁複細節，譬喻時而神來一筆，這小說蓋得好堅固。相隔十年，近幾年作品，架構放鬆，感情更柔軟幽微，篇幅由短篇轉向中篇，架構與情節更為複雜，抽離性與詩意更濃。在二〇〇一年《美麗蒼茫》中收的舊作是極短篇與迷你短篇的集合，二〇〇三年《沙戲》中大多是萬字左右的短篇，情節較為單純而集中，都以一人一事為主，〈孤芳〉與〈沙戲〉有中篇的企圖，然還是一人一事的簡單結構；近幾年發表的〈是那麼美好〉感覺是〈櫻花〉的延長版，都是以醫院與日本為主要場景的外遇故事，連題目都有東洋味，只是對象從少女變成成熟的婦人，男人執迷於初戀，好像是隱藏在心靈深處的純真年代，也是殘酷現實的補償或出口，哦，蓋茲比。

〈我的杜斯妥〉、〈落英〉和這次發表的〈那麼熱，那麼冷〉都有中篇一人多事、多人一事的特質：〈落英〉中同在一部車發生車禍，在生死之間掙扎中的三個人，其中兩個是情敵，葉君與黃君，年少時為追求家世與美貌兼具的雪，兩個人打得死去活來，有一次打架，黃君打贏，雪卻同情葉君，葉為追求成功，在離島用電報應徵建設公司的工作，結果被指派記錄工地的糞便，為突圍而出，在颱風天爬上竹架去扶廣告看板，選在老闆必來巡查的時間與地點，他因此成為老闆特助，之後順利娶了雪，然而她在多年後要求離婚，她看穿他「我們之間沒有愛情。你只是為了贏。」小說的時間是回溯的，事件今昔交錯，這是心靈的舞台，有別於以往的寫實舞台，諸多事件紛湧而至，文字更凝鍊，意象更繽紛，最後的心靈獨白令人心折，他就要死了，而他卻打算放過他的情敵，描寫男人間的鬥志可謂入骨：

我暗自發誓要爬上人生更高的石鼓，應該就是那樣的困境中萌起的意志吧。那時候我一直深愛的妳，不就是我這一生最大的鼓舞嗎？妳卻還是認為我的一切都是為了贏。倘若別人沒有輸，試問我靠什麼擁有妳。

當然，妳離開我的理由或許就要消失了。

我真的放過他了啊。妳聽，他的哭聲終於停住了。他的屁股終於開始往外蠕動了。他因為長久哭泣而慢慢凝聚起來的鬥志，看來真像一副要把我打敗的樣子哩。

妳會害怕聽到車子發出的恐怖聲音嗎？我不會害怕，我只是非常非常悲傷。

在〈我的杜斯妥〉一路帶衰的青年經歷尋死、情變，最後碰到自名杜斯妥的老闆，彷彿被夢魘追趕，在不情願下為他寫傳，這對他尊崇的文學大師是個極大的諷刺，他們唯一的共通點只有愛賭這件事，果然在急需錢時，老闆帶一團人到韓國華克山莊豪賭，結果輸了；最後為了搶標一塊土地，他去跟已經病倒在床的老情人要錢，這時她說話聲虛弱到必須附耳聽才清楚，錢要到了，他沒有下標，依然趕赴標場看唱標，原來賭徒也有不賭的時候，愛情與同情讓人由卑瑣變偉大，「他一直坐到散場，從頭到尾不發一語。聽說後來老淚縱橫。」

作者筆下的人物要不是平庸卑微的小人物就是畏畏縮縮的年輕人，他們總能在危急的一刻流露出人性的高貴與尊嚴。是的，這是人道寫實主義者的信條，年少得志，擁有財富的他，為什麼筆下的人物都是為貧困與自卑煎熬，也許跟他幼年清寒的生活或者那個大家都物資缺乏的年代，讓人就算身家富有心也富不起來：

我從來不承認自己在過著優渥的生活，即使財富增加，我的生活步調還是照常平淡緩慢。我要說的是，直到目前，我還是持續回到小時候的窮困當中，那是一幅四處遷徙、流浪的慘淡畫面，有時候我是經由那些記憶才更清楚現在的存在。富有絕對無法取代貧窮，我相信任何人的一生都活在貧富、對錯、美醜、或者善惡的兩者之中。一般人以為我的小說人物沉重卑微，其實我在表達人性的高貴力量。

何等悲涼與樂觀的蓋茲比，在新作〈那麼熱，那麼冷〉中，一家都姓蔡的偽三代同堂，祖父蔡恭晚因早年愛賭落魄二十年終於回到家，老妻蔡歐陽晴美一直怕他躲著他，老夫老妻攻防戰拉開趣味的序幕，第二代蔡紫式有奇怪的性癖，喜歡「強暴」妻子，在外玩女人玩得更凶，妻子蔡瑟芬因而想求去，但就在一次「茶與花」的年冬會中，她想嘗一遍外遇的滋味，結果是悔恨不已，因而打消離婚的念頭；第三代蔡莫被指控綁架小女孩，她穿著很小的紅鞋，跟母親很像：

媽，妳的鞋子很好看。

你那麼喜歡紅鞋子啊？

不是，我喜歡紅鞋子穿在妳腳上的感覺。

唉呀，什麼感覺？

我想就是一種會讓我放心的感覺吧，他說。

從回憶中找到的放心這個詞，好像溫暖的翅膀，陪她坐在等待的地方。

女人的紅鞋令我想到安娜卡列尼娜的紅色手提包與鞋子（果然受俄國小說影響），罪惡與傷痛恰是銅板的兩面，罪看來是靜悄悄地進行，卻血肉相連地一代傳一代，所謂上梁不正下梁歪，但作者的重點或者不是在道德譴責，他要訴說的是創傷，當蔡恭晚浪遊歸來，那棟看似華美完美的家早已千瘡百孔，蔡歐陽晴美虔誠禮佛，蔡瑟芬沉迷於花道，蔡莫其實是在無愛的環境中被女孩主動誘引而一起失蹤，卻被指控誘拐未成年少女；當蔡紫式在一堆女人中玩樂，他總要掩住肚子上的刀痕，那裡面藏著一個女人與鄉愁。西方人談的罪，跟中國人的「恥」較接近，現代人無恥感，眾神毀棄，只剩物質愛慾。看似輕淡而纖美的筆觸中，深埋著嚴肅的主題。

王定國的小說藝術年輕時機智而精巧，中年激憤而強悍，近期多了些幽默與嘲諷，彷彿從更遠的高處看人生，來到一種圓融的境地，沖淡而更壯闊，編織細節更細緻。四年級作家往往過於早熟早發，我們經歷的文學美好時代來得太輕易，因而消退得如此快速，那些還在堅持，經過重重考驗，還能留下的最珍貴。

王定國寫作四十年，中間停筆二十五年，作品量並不多，然人道主義關懷與細緻筆法令人印象深刻。他的小說不追隨時代，在七〇年代鄉土小說盛行之時，他寫都會，寫極短篇寫俗豔的世情；在新世紀初世代輪替文學洗牌的年代，他卻寫起懷舊的田園詩，可說是另類宅男，守住家園寫起妻子、孩子、母親、父親……，重心只在家庭與家人的關係盤桓，倫理失序與失敗者是他關注的重要主題，跟經濟泡沫化之後的是枝裕和、河瀨直美類似，常在紀實與一個房子與小空間中迴轉，淡到飄出禪味，他只抓住平凡人物的平凡掙扎，在小格局中用心刻劃，色彩、畫面、動作無一不講究，讓我們看到老派小說家的精細工序。

在世紀初基化的寫作圈，陰柔之美取代陽剛之美，連異性戀作家都要向同志學舌，MAN的變娘，娘的更娘，真是娘還是很娘，男男女女寫的東西差別不大，像王定國這麼MAN的小說實在是異數，他接續的文學傳統，恰恰銜接上個世紀到這世紀初，我們那時的閱讀從俄國開始（杜斯妥也夫斯基、托爾思泰、果戈里、屠格涅夫……），然後走到英國（哈代、珍奧斯丁、迪更斯……），再來才是法國、德國，一路到日本、美國、拉丁美洲，這樣的小說之旅正是現代小說的進程，臺灣的小說家呂赫若、龍瑛宗、吳濁流、葉石濤從日治時期也是這樣走過來，老路是康莊大道，可大可久之路，今人都不走，我在讀王桑的小說時，感觸特深。

*原載《印刻文學生活誌》、《那麼熱，那麼冷》（王定國著）推薦序

悲傷的時鐘

——記郭強生*

有一種人，從小被目為不確定的天才，雖然早早出書揚名，卻在中年才再二度出發，並綻放光芒，五十歲對作家最為關鍵，向上或向下，涇渭分明，強生是在行將五十時寫作明顯節節往上。

這樣的人內心有個悲傷的時鐘，要等到一定的時間鬧鈴才會急切響個不停，逼你不斷寫，在之前要花二、三十年去被現實折磨，去談痛苦的戀愛，一直到把自己逼到不想活，才甘心為寫作豁出去。二十幾年前我大約同時認識強生與俊穎，都是正美的年紀，一個活潑口才便給，一個內向寡言少語，卻都是被悲傷的時鐘鎖住。還有香吟是另一種，我們很少見面，卻因這種特質而相互吸引。當這悲傷的時鐘響起，它開啟的與其說是靈視，不如說是發現，林志穎發現的是母語；賴香吟發現的是面對與超越；強生發現的是情感的枷鎖。

跟他們雖少聯絡，大約也是同一類人，我也是年過五十越戰越勇，好像要填補那二、三十年受的活罪而發出的絕叫。

強生以小說、戲劇起家，我是在他唸紐約大學戲劇研究所時期認識他，當時的他正導完《非關男女》，是個風流美少年，畢業後回國接東華創英所所長，學生叫他「爸爸」，曾珍珍是「媽媽」，為此我也參與過東華創研所一些演講與口考。那時的他未到中年已發福，穿著整套的西裝，完全不像他，可以感覺當時的他急躁、憂鬱、寂寞；他自然是很能作事的人，但跟我差不多，只會對下，不會對上，有時言詞犀利，心腸卻很軟，最後還是自己受傷最重，他把青春押在創英所，沒有時間經營感情，更談不上好好寫作。一直到最親的學生兼助理過世，離開創英所，情愛幻滅，母親過世，父親臥病在床，哥哥過世，家裡只剩父親與他，而他年已四十幾，戀愛變得困難，父親的看護卻虎視眈眈，一生風流的父親，與他疏遠的父親，已經認不得他的父親，是世上唯一的親人，這是多麼殘酷的現實。

抉擇最能看出一個人的個性，當他選擇自己照顧父親，也是那悲傷的時鐘開始急叫催促，大約是二〇一〇年前後，他的小說《夜行之子》、《惑鄉之人》、《斷代》男同三部曲，接續的恰是白先勇的傳統，淡雅而壓抑，不完全從情欲出發，寫的是人情義理與時空氣氛，文字乾淨少堆砌，人物血肉分明，戲劇性強烈，這種老派寫實，接近陳映真與郭松棻的凝重與詩意，是潔癖更重的那種，只是強生沒有左派的激憤，只有海派的世故通透一面。這一面在散文發揮得更淋漓盡致。

上個世紀末的酷兒書寫，到新世紀初有了一些轉變，男同女同既寫自身，亦兼及異性戀、雙性或更邊緣的族群，臺灣同性戀邁向合法化的同時，它也包藏與異性戀同流的危機，合法是一種法律的保障，卻不能改變同志酷異的本質，中老年族群被邊緣化的問題更嚴重，然它的書寫態勢與問題都有了轉化；像阮慶岳既寫自身，擴充至異性戀與宮廟男女，那些無性戀或無情感者，並將時空拉大，在公園、房間、夜店之外，帶到宮廟與荒野，可說是大突破：陳雪的跨性戀書寫更展開更大的尺幅：林俊穎轉向母土與鄉愁的描寫，張經宏的《好色男女》專寫中產階級，主要是高知識份子，他們的挑剔與傲驕，心靈的攻守戰，寫得讓人咬牙切齒，裡面一個從偏鄉騎車到臺北與傲驕男友的幽會，關係不對等，但多麼富於鄉野氣息，也把同志的階級與城鄉差距點出；陳柏青《Mr. Adult 大人先生》寫同志的尷尬與荒誕處境，尺度大開，腦洞大開，讓人噴笑，也將場景帶到東南亞。

大歷史的終結，帶來小歷史的分流，不管是同志、原民、外勞……，當邊緣還有更邊緣，感覺已無路可出，在這幾年，歷史小說卻悄然風起雲生，這是大歷史與小歷史合流的大書寫，更巨大的長篇，陽剛書寫又來了，在這當中，描寫性別與情愛的小說，自然又擠到邊角，酷兒在較內圈，異女在最外圈，如林奕含《房思琪的初戀樂園》，人與書就有慘不忍睹的命運，原來「厭女症」並沒有消失，只有更嚴峻。

像強生這樣念舊的人，他的三書自然是有些老時光，空間還是在夜店、公園、房間中打轉，有白先勇晚期小說的況味，但他很能抓住時代的脈動，也很會鋪排情節，經營氣氛，對男同的關係剖析銳利，有時把它拉得很高：

同志之間的主動與被動既不是因為個性使然，也不是由高壯或瘦小的體型差異決定角色。不像男女之間總像隔山傳情，同性間太清楚彼此相同的配備，對方的施與受或自己的性幻，根本無法切割。肉體間因交感產生同感，才能進入快感。我甚至認為，這種同時以多種分身進行的性，是需要更高度更進化發展後的腦細胞才能執行的任務，稍不留神，訊息便會陷入混亂，最後以敗與收場。[1]

也許沒有哪種愛比較高，而是隨著人的感知與高度而變高，男同由世紀末的悲苦慘烈轉世為世紀初的高拔，跟女同有些差別，五年級的女同志常自比苦海女神龍，如邱妙津、洪凌……等人，他們真的是苦，六年級雖在保守與開放之間，還能悠遊自得如陳雪，七年級就很辣了，較沒出櫃的壓力，也許是這樣，同志的文學已從上世紀末的酷兒化，在新世紀初出現「基化」的現象，也就是gay化的年代，BBOY當道，男性女傾，女性男傾，無論男女，青春小男孩當道，男的是花美男，女的是張芸京。當性別界線被穿越，表面上出現的是一大票的基兒作家，基兒不分男女，一致朝向陰柔與隱私化書寫，這些被稱為「私文學」大宗的背後不正是性別越界與文體越界嗎？純粹的異性戀作家聲勢變小，陽剛書寫也不再流行，異性戀也被基兒化了。

男性與女性書寫的極大化換來的是性別單一的終結，那所有的新世紀基兒不正該歡欣鼓舞嗎？

在基化的年代，同志書寫文字華麗，異性戀書寫則往粗暴一路走，雅言雖自愛，今人都不談，如今穢語與猥褻當道，一個比一個語不驚人死不休，髒話與褻語一大串，這是異性戀者的危機感造成的偏鋒現象嗎？穢語是父性語言中的暴力，找回「母語／髒話」是向父性靠攏嗎？或者誤解髒話化就是本土化，本土化就是臺客文化，臺客文化就是八加九文化，令人不懂連續劇飆一串臺語髒話也可以這麼紅，幹譙、喇塞也能當新聞標題，屌就是好，好就是不好，於是乎有表演工作坊的《母語》朝女性性器官進攻，七、八年級生左一句GY右一句屁啦，新生代作家寫髒話練習與陰毛，什麼粗野的話題都能入文。典雅的文學傳統似乎由同志文學來擔綱，如郭強生之淡雅，林俊穎之華贍，邱妙津之大氣、陳雪之頑豔，似乎從白先勇之後，文字與風格之典雅就一直由同志文學勉強支撐，連異性戀寫的同志文也很華麗，華麗幾乎是同志文的代名詞，當典雅被摧毀之後，世紀初的同志文就帶有剩餘的懷舊華麗風。也許是這樣，強生的文字在淡雅中常會跳出讓人驚豔的語言：

靈魂變得透薄，一碰就要碎的那些年，我們曾撞擊出短暫的昇華。如果你們還記得的話。

在那一念之間，我們都勇敢了，也都柔軟了，此身換汝身，世人的詛咒讒罵嫌惡在那一念間皆化為黑霧散去。只要還有那樣的一念在，所有的抹黑都是虛妄妖語。

那一秒的昇華，讓我們得以堅定反問：如果那不是愛，那是什麼？若不是，為什麼心底虛微的呼喚，霎時死而復活，成為清晰的吶喊？

愛錯也是愛。

我從沒有懷疑過，每一個你們都是我的唯一，無可取代。[2]

這三書是世紀初酷兒的集大成之作，他寫活了姚，那掙扎在異性戀與同性戀的雙性戀男人，Bi果然是同志最大的死敵與死穴，值得他花長篇幅千里伏線去寫他，當真相來臨之時，大家都老了，回不去了，這種同志「半生緣」是他最擅長的，其背後通常是悽楚與不堪的，這個面向與角度是新的，然而強生的小說家地位更穩固，在基化時代的同志有快樂些嗎？他們要面臨的是父母的老死、自己的年老，跟家庭欲斷不斷的關係，一般人也許會選擇遠離，他卻緊緊抓住，而開出另一叢花。

因此他的散文更值得一談，悲傷的鈴更響亮，他的《何不認真來悲傷》，書名好彆扭，在連載時就很受注意，他的小說淡，散文濃，描寫人生的苦況最後轉為孤獨，這是我不認識的一面，就散文藝術而言，節奏急切跳越，好幾句連著說，或趕著說，來不及修飾，因為節奏太快，毛毛草草，可是有畫面有聲音，情感鮮明，自成一路。令我想到章貽和的《往事並不如煙》，他們都是學戲劇出身，書名也很彆扭，也是到中年才道盡陳年記憶，可裡面的人事物壓抑久了，一下筆都已活到出汁了，好像聽廣播，七、八個話匣子同時開，有時粗淺的大白話直接來，這樣的我手寫我口，跟那些美文恰是倒著走，可就讓他走出自己的路。才知道強生吃過那麼多苦，許多傷心往事一股腦豁出去說，好認真的悲傷，在他那常是笑臉迎人的貴公子形象背後，真可說是千瘡百孔，一個渴望愛與家這樣最基本的需求，三十歲之後，就不斷失去情人與家人，直到剩下一直把他推得遠遠的父親，一種奇異的家庭單位，父與子，兩個一起偕老，令人也感到哀傷：題目都下得很白，「總是相欠債」。「請帶我走」、「放不下」、「我不過是假裝堅強」，乍看像素人的自傳，容易入口，但力道很猛，直面人性，且餘韻很強，這是老練之人才能放手一搏的本色文章：

> 文字能留下就是書寫過程中靈魂與真相之間最真實的搏鬥了。
> 在這個過程裡，發現太多的部分都遠超過下筆前的預期，原以為就要出現的某種救贖或答案，隨時可能因突發的事件而立刻崩塌。
> 因為一切尚未過去，連書寫這事件的本身也缺乏某種確定與必然。
> 記憶還在喧囂譟亂，新的顛覆與逆轉又迎面而來。一面書寫，一邊不時聽見命運在身邊追趕呼嘯。越是企圖藉這些文字安頓長年驚慌的靈魂，越是發現無常的滾輪加速呼嘯。越是企圖藉這些文字安頓長年驚慌的靈魂，越是發現無常的滾輪加速催奔。[3]

散文能這麼直白需要高度自信，原味最耐久嚐，連書名都大咧咧的臺式豪邁，像唱《人生海海》一般，有點歌謠風在其中，在淺淡中偶爾出現的金句自然特別醒目：「外省的家庭無論怎麼說都是殘破的，不是少了外公或外婆，就是沒見過爺爺奶奶。老家的故事，也不是每個父母都愛說，因為不想把自己的遺憾、內疚、恐懼、悲傷傳給下一代。……我們不敢多問，但也無可避免地，一點一滴將那些不可說的破碎，內化成了自己的一部分。」「有些傷口永遠不會好，我們只學會了如何躲開，那些穿透記憶，會照見皮骨的陰冷放射線。」作者擅用對話與動作生動地重建現場，展現他的戲劇底蘊與小說筆力：

扛著一箱葡萄勝納，掏開鑰匙開了門，走進了父親在母親死後已宣誓獨立的領土。

印傭看護與他皆在午睡。我呆立在靜悄悄的房門口，母親在這個地方已經被遺忘很久了。

即便在他身體還健朗的前幾年，父親也從來不會跟我提到任何與母親有關的往事。從來沒有這樣一個時刻，父親會突然語帶懷念地說出：「那時候你媽……。」——沒有。他從不曾流露過那樣的感性，對於與他結髮快五十年的亡妻。

這絕非泛泛的文字，偶爾的洞悟，讓人直見性命，且透明度高，感染力十足。強生因此書獲得廣大的共鳴。獲得二〇一六年金鼎獎時，我們在臺中小聚，感覺他更要撩下去了，想專心照顧父親與寫作，像他那樣看似傲驕的人，可以把父親照顧得那麼好，這其中的心路歷程我不敢想，也作不到。父親由不說話看似無反應，漸漸地父子能對話，也能由他餵食，能扶牆走路，但也因為這樣，他能有時間寫作，且心能靜下來，這是他一手收拾的家，也最有家的感受，只是這次他又賠了感情。

於是我們看到新作《尋琴者》。

初初感覺是新題材，是異性戀故事，描寫一個失去音樂老師妻子的鰥夫，因為一座鋼琴，與一個音樂天才調音師的故事，令人想到某部電影，妻子死後留下一座史坦威鋼琴，丈夫懷念她因而學彈鋼琴……。不，完全不是這樣，林桑與愛米麗的的婚姻並非美滿，音樂天才也差點成為第三者，到最後才揭露林桑是雙性戀，最後鋼琴墳場寫得太驚悚了。人間最俗是煮鶴焚琴，林桑卻是個充滿秘密，擅於掩藏的雙性戀男子，而「天才」調音師的身分與情感更神秘與分裂，他剛開始是旁觀者與敘述者，隨著情節的發展，他的面目個性越來越鮮明，要到結尾才露出真相，他才是真正的主角，一個介入者、分裂者、泥足者，還藏在陰影中的同志，還在猶豫要不要跨出去，他的類天才的一生，只是在音樂中看世界，他才是藏在鋼琴中的鬼魂，與鋼琴結合為一體，而林桑在獵捕他。強生寫這種人很是鮮血淋漓，一如《斷代》的姚，性別的迷宮有時比真實的迷宮還曲折，它自身即是懸疑與推理。如此尋琴與尋情一語雙關，讓此書充滿隱喻。

音樂與聽覺意象是本書最突出的點，刷新同志小說的刻度與向度，關於音樂與樂器的描寫很多，從小聽曲、唱曲的強生，有著擅於審音的聽覺，他寫了一個聽覺小說，讓感情更純粹與空靈，並無一般同志小說的肉體與嗅覺、視覺描寫，人物的長相也很模糊，頂多是一頂帽子，頂多，其中寫得最美的一段，寫明音樂是視覺性，更是時間性與鏡象的：

在彈這首曲子的時候，你有想到什麼嗎？

雪。我說。

那，你有看過真正的雪嗎？

沒有。

那為什麼是雪呢？

我無法解釋，那種總像是一個人走在大雪紛飛裡的感覺，即使我從來沒機會見過真正的雪。

記得我先是垂下了頭，不敢直視他的眼睛，然後沒來由地感到鼻頭酸酸的。

我說，我沒有可以形容的字眼。或者根本也不是雪，只是隱隱約約總在身邊飄落的一些什麼東西。

他沉吟了片刻。

那個你形容不出來的什麼，他說，就是時間。音樂讓我們聽見了時間。聽見了我們自己的影子。

我詫異地抬起頭，發現他正定神注視著我。

之前只知道自己擁有優異的配備，但是卻從沒有人告訴過我，音樂不在鋼琴裡，而是在我的影子裡。

強生藉這篇小說在談藝術，更在談創造小說的敘述藝術，然而愛情才是他作品中的終極藝術，因為不完美，甚至千瘡百孔，更能說明細緻純粹的情愛更是藝術，這是作者孤獨的藝術，也是悲傷的救贖。

「古調雖自愛，今人多不彈。」對傳統與經典有著忠誠堅持的強生，自剖散文的迴響較熱烈，而描寫純純的愛的同志小說討論並不多，愛是藝術，他用盡半生身體力行，並將血淚注入文字，用肉身證明著。

*原載《印刻文學生活誌》

註

1 郭強生，《斷代》，頁二五六。臺北：麥田，二〇一五。

2 同註1，頁一五六至一五七。

3 郭強生，《何不認真來悲傷》，頁一二六。臺北：天下文化，二〇一五。

霧中的作家風骨與作品風景

——談賴香吟《天亮之前的戀愛》*

二〇〇六年的專欄小品直至二〇一九才出版，賴香吟可說是很會擱稿的作家。

副題「日治臺灣小說風景」，令人琢磨這是怎樣的一本書？與有著自我書寫與詩意文字的《霧中風景》相比行文較平淡；說是小說家談小說的雜文集，靈慧的分析與觀點好像也非重點，一系列短文似乎是在有意念的鋪排下進行，它的素樸感暗暗符合日治時期灰撲撲的心象，是另一種有距離的小說與作家的「霧中風景」，反書寫的「史前時期」。

感覺上只是久久出一本書的作家，是有那麼一段反書寫的時期。二〇〇六年之前反推近十年，她在出版社作過短期編輯，然後結婚定居高雄，人似乎潛行至水底下，之後讀博班，在國家文學館籌備處工作，她似乎準備要進入學界，並跟著老師林瑞明作研究，已有學者的雛型，這些文章可能是那時代背景下的產物。

那時偶爾見面或打電話，在她快而亂的語句中，常表現出對書寫的懷疑與對文壇的細心觀察，跟她聊天語調會跟著快而亂，常忘記真正要表達什麼，只有盲目熱情與日常煩躁的輸出，並不帶傾訴的欲望。

記得那時我們常談的是對老臺灣作家的風骨與人格，那是她還沒寫《霧中風景》、《其後》的時期，感覺上這些專欄文章反映其時的閱讀與志氣。志氣與風骨，這幾個字已快被遺忘，但她是少見還保有這樣的志氣與骨氣的老臺灣人，能夠安忍困頓的人生，就算撞得頭破血流，也要殺出一條路來。從吳濁流、龍瑛宗、呂赫若、賴和、楊守愚、王詩琅、蔡秋桐、楊逵、張文環、張我軍、劉吶鷗、鍾理和……，等重要作家及其作品盤點一遍，說明臺灣文學研究發展初期，以作家為單位的文學史觀，有可能是她想研究或較熟悉的領域，妙的是結在翁鬧與太宰治、邱妙津的對位關係上，其中有一段對比相當動人：

> 這個結尾看似抒情，細想卻可能是懊惱的。和〈列車〉一樣，對自己的不作為，無法作為，懷著寂寞與悔恨。
>
> 這是太宰與翁鬧的成人，不，更精確地說，無法成人。能寫孩子、也寫老人，就是寫不好一個世間的大人。他們生活狼狽、零落，傲嬌而害怕寂寞，

不夠世故，恐懼世故，自負有時，自卑亦有時，他們的作品不是篇篇都好，在藝術裡自戀，但又的確存在天賦，一種模仿不來、不可期許的文學才華，發出截然不同的閃光。

這樣的見解與行文，讓我想到其後的《其後》的作家呼應關係，尤其是〈天亮之前的戀愛〉中是她少有直書邱妙津：

七年，在寫作長河裡，短促得像一根小小的火柴，翁鬧與妙津，沒有來得及成名，沒有來得及等待天亮，讓世人看清他們的模樣。燒透了的青春，天亮之前的戀愛，無關技藝也無關道德，任何時代任何人，有幸讀到那般燃燒後的灰燼，赤裸奔放的告白，總是要被驚動的。

香吟雖瞭解與親近這樣的作家，個性與文風卻走了相反方向，大學學經濟的她，個性較近龍瑛宗、鍾理和，外冷內熱，自律甚嚴，一股硬氣與憨氣交織，她的文字語言是可以冷靜疏離到無法辨識真意，但其中有著無盡的頑抗，拒絕把情感說清楚，卻在某些細節曝露端倪，並且把情理說得像數字那樣乾淨明白，但這是她的史前史，真正重要的創作才剛開始。

她文體的成熟也在二〇〇五年至二〇一二年之間，這時期她因寫專欄而結集的《霧中風景》還有些散不開的瘀血，我卻寶愛她為我寫序的文字：「新世紀，午宴狼狽收場，天色倏暗，坡勢急轉直下。我與芬伶皆斷了臺北繁華緣份。重讀芬伶的《憤怒的白鴿》、《豔異》、《妹妹向左轉》，這些作品的堅苛與天真，使我感到驚奇。可生活裡我們不過電話噓寒問暖，偶爾碰面喝咖啡，逛東海別墅、百貨公司，甚至是一起去家電賣場，純屬家常。唯少數時候忽然說出一些心底話，大抵是上世紀傷害的殘留，骨肉分離之痛。我以為那是一個風暴過後療傷的階段，衷心希望芬伶能自毀壞中重生，兩人並振作精神燃起一同寫些什麼，作些什麼的念頭……」這篇文字酣暢淋漓，少有的熱情洋溢，還有一起書寫南方家族之約，像是預言般，她在二〇一二年完成《其後》，我在二〇一七年完成《花東婦好》，這說明希望的願力，文學也能許諾，一種對老臺灣的追尋。

老臺灣人就是憨直，厚道、硬頸，寫出的作品自然是樸實厚重，在寫實的外表，包裹著抒情裡子，就算是白描，也有濃濃的時代氣息飄出來，其中有著文學固著症頭，特有的文明風與文藝腔，這還真的不好學不好說，她用淡淡的口吻把它說明白。

香吟的學術潛力一直是存在的，可他的指導教授林瑞明卻要她好好去寫作，創作者不用浪費時間搞學術，這種老實話我還真的說不出，這是老臺灣人林大師才會說的話，也才教得出的學生。文學是因書寫的人而存在，不是為研究存在的，在捨本逐末、倒黑為白的今日，這本書保留著香吟關懷的文學與生命，或者說文學即生命，生命即文學的含蓄告白，為她的創作作了預言，也作了紮實的鋪墊，然而我更期待她的下一本小說。

*原載《印刻文學生活誌》

鬼氣與仙筆

——鍾怡雯散文的混雜風貌*

前言——馬華文學與女散文家

也許我們都來自陰暗複雜的女兒國，大家族重男輕女的舊遺毒，同樣是五個女兒一個弟弟，而且都曾經男裝想當男生。她像是我遺失在野半島的另一個妹妹，一見面就覺得格外熟悉，但引起我注意的是她身上飄著怪異之氣，初見面時她還是學生，眼睛化濃妝塗藍眼影，眼睛已夠大還特別強化有一絲妖異，那時女作家化濃妝的很少；第二次見面剪超短髮無眼妝，圓咕嚕的眼珠如銀球古靈精怪，很像年輕時的沙岡，總之還是「怪」，然我與怪咖有緣。她說話又急又快，大驚小怪一堆，生活的小事被她說大了，跟琦君一樣愛聊家常，而且話急得插不進，只能聽。

貓咪啊病痛，吃藥看醫生，還有能見陰暗之物……。

穿得漂漂亮亮到東海一看到樹大叫：「我要爬樹！」我在一旁聽得直笑。

爬樹絕對是她生命中重要的事，那是她自己的位置，一個可以入世也可以超然的角度。「那是我跟世界的距離，跟家人的關係。一個旁觀者，住在她自己的島上」。令我想到寫《爬樹的女人》的樹冠生態學家羅曼教授，她是個另類樹冠學家，在澳洲用繩索爬樹，懷孕時利用採櫻桃的籃子登上尤加利樹，在非洲乘熱氣球俯視研究樹頂，又到美國麻州的溫帶林與貝里斯的熱帶雨林搭建樹冠步道，過著很具高度與難度的生活。她在樹上看到另一個世界，另一個自己。鍾怡雯的「異質」在於她的僑民與流放身分，在傳統與現代夾縫中的矛盾掙扎。

馬華文學在臺灣有著千絲萬縷的關係，鍾怡雯自己也很有使命感，我一直認為馬華文學在臺灣應有一個位置，它不是僑民文學，也不是本土文學，而是新移民（流放）文學，也就是使用非母語在外地產生的文學，像哈金或高行健在西方，溫瑞安、李永平與黃錦樹在臺灣，他們的複雜性更豐富臺灣的文學。

臺灣是移民之島，島上的主人是原住民，其他都是移民，只有新舊之分。舊移民長久定居而形成本土文學，新移民則有認同的焦慮與疏離感，在神州時代他們化為儒俠，練武舞劍，當中方娥真的散文最是令人驚豔，但其脫塵絕俗到底難入人心，鍾怡雯的文章能入人心，緣於她是激烈的「豹走」女子，有著鮮明的個性與剛柔相濟的文風，令人樂於親近。

就像鍾怡雯強調馬華文學的浪漫精神，屬於她的浪漫是在不斷逾越與出走中，有種回不去的焦慮與掙扎，所以總在奔逃，進行中，動態的描寫特別出色，時而喃喃自語，大多是自問自答，獨特的鍾氏出品，像馬克白的獨白，像是懺悔，其實是上下求索的天問：

我不知道那樣單刀直入的問題，對滿姑婆是否錐心之痛。她抖了一下，輕輕的說：「不，不，不會骯髒。」

不會骯髒？我窮追不捨，拋出第二個問題、第三個問題。面對這串不容思索的連珠炮，她不禁紅了眼眶。是的，曾祖母養了她這麼多年，不是生母又何妨……

她哀傷的背影沒入曾祖母的房間，噢，不！現在應該叫「滿姑婆的房間」。在寬敞廚房的西南隅，大宅的後方，這毒瘤般的房間在我的記憶中漸漸死去，復活了再漸漸死去。（〈漸漸死去的房間〉）

對她來說，她所叛逃的那個島曾經像是「漸漸死亡的房間」。

從北緯五度的野半島奔逃到北緯二十三度的福爾摩沙，她心魂未定，時常回望過去，有時對人事錯迕的現實感到迷亂。

在家庭中，她作為長女，背負著父親的沉默與威權，她選擇叛逃，逃離家門，越過國界，進入另一個傳統威權的學術圈，又進入婚姻，看似適應得不錯，但她還在驚魂不定，還在自問自答：我做對了嗎？哦，可能不對。這種自責感的催逼與母體脫離的分裂感，並非在地作家所能感受。

就像她愛引用的英文歌曲，也都是進行式與疑問句：

I hear her voice in the morning hour she calls me
Radio remind me of my home far away
And driving down the road I get a feeling
That I should have been yesterday

渦形回歸——流放的激進與退守精神相抗

作為僑民的後代，肩負著龐大的文化與家族的陰影，在種族語言多元，城市與雨林並置的馬來西亞，如果她選擇逃往西方，以英文書寫，那就很難掙脫湯婷婷與湯恩美一路的「混雜風」，或林玉玲書寫家族夢魘《月白的臉》，令人疑惑為何移民的家族圖象何以如此陰暗與壓抑，那讓人喘不過來的壓力，與凌亂破碎的心靈圖象有時令人不忍卒讀。

可能是漢文化越在邊緣地帶越保守威權，呈現歷史「停滯」的現象，儒教與父權的威力更顯巨大。

她選擇的臺灣，雖也是漢文化的孤島，卻是散文的樂園，起初他以中文系女子的典雅傳統崛起，她跟一般作家先從自傳散文出發再擴大之有所不同，她是倒著來的，先從其它枝枝節節寫起，像她的失眠（〈垂釣睡眠〉）、容易摔傷（〈傷〉）、常看病、貓咪（族繁不載），最令人印象深刻的莫過於〈垂釣睡眠〉，那有著過敏靈魂的年輕女子如何每晚與睡眠搏鬥，寫得絲絲入扣：

不過兩三天的時間，我的身體變成了小麥町——大大小小的瘀傷深情而脆弱，一碰就呼痛，一如我極度敏感的神經。那些傷痛是出走的睡眠留給我的紀念，同時提醒我它的重要性。它用這種磨人脾性損人體膚的方式給我「顏色」好看，多像情人樂此不疲的傷害。然而情人分手有因，而我則莫名的被遺棄了。（《垂釣睡眠》）

就這樣她以生活的細節敘述，進入女散文家之列，她迴避家族尤其是父祖的書寫，對於雨林生活也只有順便帶到，直到二〇〇二年出版《我與我豢養的宇宙》之後，她開始較有意識地省視自己來自的血源，〈今夜微雨〉可能是個重要轉折，寫的是祖父的過世：

十八歲那年我離家，不，簡直是逃家，在你不知情的狀況下，走上不歸路。我慶幸自己走得遠遠的，徹底與你決裂，也一筆勾銷算不清的債。隔著南中國海，我開始寫作，卻無法書寫我們的關係。正確的說法是，跟血緣相關的一切，我根本拒絕去想。書寫是救贖。許多人這麼說。我不相信，也不需要。何況，沒有沉淪，何需救贖？我寧願沉默。（《我和我豢養的宇宙》）

這時還是倔強地排斥書寫家族或愛情、婚姻，不能寫的事要不就是太親怕過於暴露，要不就是太瘋狂連自己都無法面對。二〇〇六年中國時報人間副刊三少四壯專欄，就如火山噴發般，熱燄四射，還十分透明，語言是鍾氏出品但更急更快更雜，各種語言交雜，嗅覺味覺視覺併揉，尤其說及家族史，膽血都咳出來，果然是夠瘋狂而拒絕說出，難道她的拒絕與沉默都不需要了嗎？

感覺是擺脫小女孩時期最後一次叛逆，但也是她正視自己的勇敢之舉，風格也有了改變，更鮮明，夠嗆辣！

我一直覺得傳統退守與激進嗆辣同時存在她身上，但她二〇〇六年之前是往傳統退守的方向走，之後是往激進嗆辣方向走，連她的馬華論述也進入左翼與雨林中，她更成熟自信，這對於她的創作顯然是一個跳躍。

因此她的作品可分為兩期，一是「小女生」時期，小女生是她的愛貓的名字，活了十年，也陪伴她來臺的第一個十年。二〇〇二年小女生過世，祖父過世幾乎同時發生，意謂著她心中的小女孩走了，大女孩正在長大，以貓紀年，對於「無處不貓」的她想必不反對；二〇〇二年之後進入「野半島」時期，也即是把關愛回顧於她所來自的島，她與島的分離已近二十年，隔著時空與緯度看更顯永恆意義，「分離也是如此。必得被時間沉澱過才產生意義，此時，眼淚方會因不捨而流，綿綿的悲傷包裹起生活，你會發現，原來分離是一種浸泡記憶的福馬林，它讓記憶成為永遠。」以審美的眼光回望自己的家族與島，必須承認它在漢文化的邊陲，而禮失只能求諸野半島。

追溯鍾怡雯創作途徑是呈渦形回歸的，外面的圓是朝傳統中文典雅的方向前進，如《河宴》亦有寫及父祖家庭，仍不失懷舊散文溫柔敦厚之旨，再貼進自己的生活與內心作細節敘述，還有小物件的愛戀如《垂釣睡眠》、《我與我豢養的宇宙》，可謂世紀末的精美，再往記憶深處的野半島前進，那個島不是孤島而是比臺灣大好幾倍的半島，有意識的空間與離散書寫，像一張又一張充滿刺點的老照片，充滿後現代精神，這過程也是相互辯證的過程：

在另一個島，凝視我的島，凝視家人在我生命中的位置。疏離對創作者是好的，疏離是創作的必要條件，從前在馬來西亞視為理所當然的，那語言和人種混雜的世界，此刻都打上層疊的暗影，產生象徵的意義。那個世界自有一種未被馴服的野氣。當我在這個島凝視三千里外的半島，從此刻回首過去，那空間和地理在時間的幽黯長廊裡發生了變化。鏡頭一個接一個在我眼前跑過，我捕捉，我書寫，很怕它們跑遠消失。我終於明白，為何沈從文要離開湘西鳳凰，才能寫他的從文自傳。（〈北緯五度〉）

不僅要離開，而且要離開得夠遠夠久，但太久也不行，久了就成一張張「月白的臉」，鍾怡紋描寫的臉一張張血色鮮豔，野性難馴。

魏晉風度與形影神書寫

鍾怡雯的人不能以美來界定，現在美女作家一堆，只有更模糊她們的面目，她個子嬌小仙風道骨配上一張熱帶風情的狐臉，手心永遠冰冰涼涼，像是筆記小說走出的狐仙。

鍾怡雯的文體交揉著現代與古典，現代如莒哈絲、蘇童的實驗精神，古典如魏晉人的瀟散不在名教之中，服食丹藥愛談玄虛則有何晏劉伶阮籍之風，筆法形影神問答如五柳先生。我曾在三十多年前寫一篇陶詩的小報告，用佛洛伊德的「本我」、「自我」、「超我」對應他的形、影、神，現在想來並不完全相扣。最說不清的就是「影」，古人認為影是自我的分身，所以才有李白「舉杯邀明月，對影成三人，暫伴月將影，行樂須及春」之說，這裡的影既是影子也是另一個我；對陶氏來說形是「形而下」的肉體感官，影是「形而上」的良知良能，故言「存生不可言，衛生每苦拙。誠願遊崑華，邈然茲道絕。與子相遇來，未嘗異悲悅。憩蔭若暫乖，止日終不別。此同既難常，黯爾俱時滅。身沒名亦盡，念之五情熱。」如此說來「影」較接近「超我」，「神」指向道家的「自然」，所以在兩相矛盾中，神化解之道便是順應自然，故言「日醉或能忘，將非促齡具？立善常所欣，誰當為汝譽？甚念傷吾身，正宜委化去。縱浪大化中，不憂亦不懼，應盡便須盡，無復獨多慮。」

所謂魏晉風度是一種矛盾的組合，文字放恣，思想凝重；或者文字凝重，思想放恣，鍾怡雯兼而有之，文字放恣如《野半島》、〈酷刑〉，思想凝重如〈藏魂〉；文字凝重如〈今晨有雨〉，思想放恣如〈藥癮〉、〈位置〉。

屬於鍾怡雯的形影神問答是肉體的病痛（病身）、感應異次元（鬼影）、超脫之道所構成，且多一問一答，自問自答。先看她寫源自多病而產生的「藥癮」：

> 其實我的生活既似隱居，又在服用這種引人遐想的藥，灸穴道時且把家裡燻得迷迷濛濛，就常想起煉丹。找本葛洪的《抱朴子》仔細研究，說不定還真能煉出什麼不老仙丹。更何況我特別喜歡風流倜儻的魏晉南北朝，那

是一個頹廢，卻也散發著奇異美感的時代，煉丹，服藥，狐仙氣彌漫。整個時代都患了對時間的集體憂鬱，試圖以礦石把血肉之軀練成與天同壽。這種服丹而長生的理據固然荒唐，可是，不老與長生，是多麼的難以抗拒。

她不僅喜歡服藥泡湯薰香，還愛看中醫，她寫復健的滿清十大「酷刑」現代版，拉腰、拉脖、滾床、推拿、針撥、放血，看來既痛且快，這種又享受又置之度外的態度，描寫肉體之病痛與煩惱，失眠與多愁善感是寫形的一面。

寫影的如寫鬼影、墳影、刑場、墳場種種感應，看來是既親和又陰慘的世界，她把它稱之為「靈魂過敏」，對於這些她只有以薰香沐浴應對之，她「見鬼」的經驗太多了，寫入文章更是一絕，如《對不起，打擾了！》中，她寫出被鬼折磨的慘狀，讓她模糊夢幻與現實：

這麼多年下來，那些離奇的超現實乃至魔幻寫實混昧狀態，已經模糊了我對夢幻和現實的分界，他們到底是我心中的幻影還是現實裡共存的喻依？

頭疼時我的頭皮凹凸起伏如月球表面，似是適合種植油棕的丘陵地。我懷疑他們寄居腦內，啊那些讓人疼痛的丘壑，便是他們存在的暗示。痛極了時彷彿聽到他們說，喂！我們在這裡。氣弱時，他們變本加厲，霸占我的腦子影響思考。疼痛令人脾氣暴戾，常有事事不順眼想動手修理人的衝動。為此我吃盡苦頭（我懷疑創造這片語的人跟我有同樣宿疾），做過各式各樣怪異的檢查和治療，像個外星人被各種高科技醫療器械檢視。疼痛常伴隨著荒謬想法和幻影，想那釋迦牟尼的頭可是跟我一樣凹凸不平（我的腦海同時出現水果攤，不！水果攤上的釋迦，「頓悟」那長相怪異的水果名稱由來）。

對於有靈異體質的人，唸經「作功課」是難免的，多少可減輕一些痛苦，「每入睡必夢魘，被一高壯男士頻頻干擾，不知哪裡招來的冤親債主。心知肚明乖乖誦念《藥師經》、《地藏經》，並且不間斷的迴向一百零八遍《陀羅尼》，昏昧時隱隱然感受到陰鬱晦暗之氣。誦經時腦海浮現小時候的暑期作業。無果可摘，於是每日犒賞自己三兩顆巧克力。做功課，也就不那麼痛苦了。」但長久屈服畢竟不是辦法，只有與他硬拼，「等對方低頭」，或者逃向充滿陽氣的丈夫，這對夫妻的互補狀態實在有趣。

這些文章似乎可以將鍾怡雯定位為「鬼」作家了，詩人有「詩鬼」，散文當然也應有「文鬼」。但這只是鍾的一部分，她還有更陽光更多元的部分，屬於她神的一面，濕婆神，她是濕婆神的子民。

濕婆神的子民——北緯五度的熱帶憂鬱

熱帶真的只能是憂鬱的嗎？當溫度常年維持在高溫，一年只分涼季與熱季，涼季也在三十度上下，熱季比涼季長很多，陽光白熱化，那是乾熱與濕熱交替，熱帶雨林帶來的豐沛雨量與野生巨獸橫走，在長期流汗與脫水中，我相信心情會受影響，鍾愛陽光，體質陰虛的她確實是熱愛陽光，如〈陽光如此明媚〉中如此寫：

我喜歡陽光普照的好日子。清早醒來，金黃色的晨光從側窗湧入，窗簾和玻璃都擋不住那光和熱，如此滿室生輝，如此明媚，讓人心生讚美和感激。太陽底下的光影產生強烈對比，對比裡有濃淡不一的陰鬱。陽光不到的地方，有影子以及影子的層層疊疊。我喜歡光影的層次變化，早上，中午，它們悄悄拉長，變短，修改色澤。特別是冬天。日照那麼短，也許只是一個下午，或者上午的難得陽光。

遠處芒花新開，白得異得光潔。

她的憂鬱與過敏、失眠體質還來自家族遺傳，長期遊盪在外與寫作研究，耗損精神，精氣神皆不足，她愛自己的辦法是勤看醫生愛吃藥。

過敏的人通常善感，善感易失眠，長期失眠引起憂鬱，這是永無休止的惡性循環，但我要談的是本質的憂鬱，熱帶的憂鬱跟波特萊爾談的文明引發的憂鬱不同。熱帶的憂鬱較接近卡謬的「異鄉人」的荒謬的憂鬱，而致弒人／弒父，這是因為疏離與冷漠引發的憂鬱成狂，如在〈北緯五度〉所寫的：

> 瘋狂的基因是鍾家的遺傳，從廣東南來的曾祖母吸鴉片屎，她本來就個性古怪，祖父和父親都得她幾分真傳：我的表叔從青年起便關在「紅毛丹」（瘋人院）關到現在，上回出來後把他老爸鋤死，沒人敢拿自己的命開玩笑再放他出來；三姑在我小學時住過精神療養院。大姑的獨生子，我那長得像混血兒的萬人迷表弟，二十歲出頭便住進了精神療養院，十幾年了時好時壞，大姑心疼唯一的兒子，千里迢迢把他送到澳洲醫治，兒子的病沒好轉，反倒是她在六十二歲之齡得了憂鬱症。二姑就別說了，一家四口像下降頭一般。她三十歲左右出車禍之後精神狀況不穩定，五十歲鬱鬱而終。如今她的兒子也是，唉！

看來父系較嚴重，體質較像父系的鍾，難怪會有多愁多病身，書寫多少是種治療，父親原先也許不是那麼沉默，當他從男子向父神靠攏就沉默地「像一首詩」了；又或者父親對他人不沉默，只對妻子與兒女沉默，讓沉默變成高牆。

她在叛逆的青春期選擇叛逃，與父祖絕裂，因此初來時甚少回家，她遺棄那個島，那島裡有她瘋狂的血源，然後她被那個島遺棄。應該說是「割裂」導致的「分裂」，而讓她愛恨交加，她用疏離與冷漠武裝自己，但是她對妹妹與母親的愛難以割捨，在日漸成熟後，又嫁給同鄉人，家鄉既是娘家也是夫家，她以迂迴的方式重新拾起，並在其中找到平衡之道，她回怡保，「我容易失眠。在怡保卻碰到枕頭就入眠，外加奢侈的午睡。有一次竟從半夜十二點賴到隔日十二點半，後面只隔十尺的地方在施工，夫家上下連同兩位同行的朋友七點多鐘就被吵起，唯有恆處睡眠不足的我創下奇跡。起床後從容梳妝打扮，赴遲到的餐會。餓了一晚胃口奇佳，早午餐一起吃可真是難得的美妙經驗。」吃飽睡足加上運動，純屬感官，她稱之為「狗日子」，感覺是是享受也是幸福。再回家的感覺彷彿是心靈與身體的填補，過往的創傷與陰影，不再那麼沉重。

女子在叛逃父家之後割斷擠帶，她想作她自己，這時也許是憂傷與憤怒交加，當父家變成娘家，就柔化為女兒之思，當夫家的生活是甜蜜的，從夫家回望娘家，變成具體的鄉愁。

她的鄉愁即她的寄託與救贖，因此關於「野半島」的書寫多半是心靈回歸的神釋與超脫。

回憶與雷電交加——混雜風與重口味

從「小女生」到「野半島」時期，最大的改變除了回歸的生命圖像，在語言上多元交織，五味紛陳，題材統一，色彩鮮明，如寫怡保的吃讓人「飽死」，在複雜味覺上多作著墨，「我是南蠻，只愛南洋式的酸辣。搬離怡保後，在南部吃的多是馬來餐印度餐，熱心鄰居送來的料理徹底改造了我的胃。母親後來也做那種中馬印三種混合的菜，連糕餅也是。混血的胃讓剛來臺灣讀書的我十分不適應，很長一段時間處在『餓死』狀態，更加懷念『飽死』的日子」，還有各式糖水涼茶，寫出怡保人食「口野」的拼勁，更勝愛吃的臺灣人一籌。又寫異文化的混雜風情，既是後殖民也是後現代的，顏色十分刺激：

印度廟的屋瓦住滿神祇，半人半獸，千手千眼，全漆上搶眼的顏色。華人稱之為印度色的包括艷紫、艷粉紅、鴨屎青、寶藍、橘紅，他們的紗麗和神廟，甚至車子都是一片喧囂的華彩。印度人特別喜歡紫紅九重葛，飲用血一樣的玫瑰露。濕婆神、象頭神、Sarasvati、戴維女神和杜爾加女神在屋瓦上注視著跟祂們一樣華麗的子民。華麗，但貧窮。（〈濕婆神之鄉〉）

在語言上外表嗆辣，內裡溫純，如寫印度人愛抓頭蝨〈蝨〉之篇，居然有張愛玲風的豔異之美：

我在油棕園度過童年的後半期和青春期，前後搬了四次家，搬來搬去，總與印度朋友為鄰，她們善於利用美感征服貧乏的民族。即使住處那麼狹小，屋前總也種滿繁茂的花草。餅乾桶油桶牛奶罐當花盆，栽出豔麗搶眼的花色。她們偏愛濃烈的花色，家家都有那麼幾蓬大紅大紫的九重葛，花太重，以致不支垂地，很有散漫慵懶的情韻。花質厚重的結實的雞冠花也是他們的最愛。不過那質地太過剛毅，顯得火辣辣辣的紅色有些殺氣。奇怪的是在油棕園住了那麼久，很少看到有人捉頭蝨。花下捉蝨，應該有點怪誕的美感吧！

跟張不同的是，她直來直往不愛迂迴，寫馬來西亞的作家不少，能寫其金玉其外，也能寫敗絮其中，又能得溫柔敦厚之詩旨的，鍾的散文堪稱一絕。她的混雜風與重口味形成她自已的特色，也表現移民作家的遺忘時間與雷電時間的並置。如同克里思多娃所言，主體與他者的分裂，他者形成頑強的卑賤物：

他不斷地與這個卑賤物（the abject）分離，對他而言，卑賤物是一塊被遺忘的領地，同時又是一塊時時被回憶起來的領地。在被抹除、遮蔽的時間裡，卑賤物一定是貪婪的磁極，但是被遺忘的灰燼現在樹立成一座屏風，並且映照出厭惡、反感的過去。清潔平整變成了骯髒，珍品成了廢物，魅力成了恥辱。這時，被遺忘的時間突然迸出，聚合成一道閃電，照亮一種活動，我們可將這活動想成相斥兩極的一起迸發，發出閃光，就如同雷電交加的釋放。賤斥的時間（the time of abjection）是雙重的：遺忘的時間和雷電的時間，朦朧的綿延無期和真相大白的那一刻。（Kristeva, 1982:8）

相信讀者看完《野半島》，也有真相大白的感覺，這是血與淚換來的，移民作家的痛苦如果不是逃就是困，作者選擇的先是逃，然後是困，最後是脫困。

結語

散文從文學性散文走向文化散文，似乎是世紀交替的重要轉變，文化散文涵概環保、飲食、旅遊、運動、性別種種議題，有大散文與小品，品質有粗有細，大如余秋雨、楊牧；小如林文月、劉克襄，鍾在新移民與馬華散文這一塊自有她重要的位置，在臺灣散文中也是中生代的代表性作家，散文中的兩鍾（鍾怡雯、鍾文音）可以說是雙璧，鍾的別出一格更讓人眼睛放亮。

散文家最怕被自己的風格所困，鍾能在盛年殺出一條血路，她還年輕，這表示她創作力旺盛，未來的路還很長，是可以被祝福與期待的。

*原載《香港文學》

細緻的瘋狂

——俗辣與詩意交織的周紘立散文*

要寫周紘立並不容易，雖然我從大一就認識他，算來也有七、八年，他自己是矛盾與衝突體，我對他的感覺自然也是矛盾與衝突的；對於他的第一本散文集，應該給予合理的定位，它具有初次但非同尋常的意義，作為他的老師又同樣是散文作者，自然要中肯謹慎些。

散文此文類在世紀初有弱化的趨勢，它的特性越來越含糊籠統，一來是文體越界普遍使然，一來是散文的廣義與含納性使它越來越與「抒情美文」脫節，二是性別界線被穿越，表面上出現的是一大票的基兒作家，基兒不分男女，一致朝向陰柔與隱私化書寫，這些被稱為「私文學」大宗的背後不正是性別越界與文體越界嗎？純粹的異性戀作家聲勢變小，陽剛書寫也不再流行，異性戀也被基兒化了。基化的現象在散文特別明顯，無論男女性別，都內化為私我的陰柔書寫，家族為其核心，自我探索為其主要路逕，文筆之精細比老輩有過之而無不及，在辨識上造成困難。

紘立的分裂與二重性讓他略與他人不同，他既俗辣又保守，詩意與野性並存，這是他的天賦使然，也跟他生長的環境密切相關。

他的父祖曾作過印刷出版業，父親入贅母家頗為壓抑，中年出走，父系的位置空懸成謎，母系這邊是賭徒兼冒險家，極度瘋狂，造成他放蕩不拘的一面；另一面他對父親的鄉愁哀感頑豔如詩，這是他神秘詩意的另一面。

大一初始，他是個瘋狂的流行歌曲追星族，常強迫我聽阿妹與蘇打綠，後來轉為文學追星族，情色作家成為他的最愛，彼時班上能寫的很多，包子（包冠涵）、阿泰、楊富閔、蔣亞妮、林徹利、林牧民……，他與楊捉對廝殺，曾有三年冰凍期，紘立算是他們之中最早得大獎的，那時他才大二，直至楊急起直追，他整個掉下來，在大四的大和解後，他們成為文學上的伙伴，這本書的靈感與寫作方向，可以說是相互激盪的結果，外表是家族與萬華在地書寫，內裡則是父親的鄉愁，當父權不在時，得到的並非我們想像的自由，而是陽性的殘缺，陰性的瘋狂。

常把「文壇忽視我六年」掛在嘴上的他，說明他的寫作並不如外人想像的順遂，同學中最早得大獎的他算是同輩中的老新人。

他在愛情上非常主動而常情場失意，愛的苦楚來得過早，常在望春風中，猴急時黃腔八卦不斷，讓人無法領教；可在寫文章時他變得溫文爾雅，情意纏綿，筆力疾速，文字擲地有聲。

一般人鄙視散文，皆因散文無詩性非想像力的文本，好的作家身上存在著異己，他勇於面對異己，並與世界疏離，這是詩性的由來。作家的異己是受現實折磨千瘡百孔的我，還有一個我是靈性放光的我，好的文學是從異己的書寫到真我書寫的過程，所以文如其人只對了一半，應該是文如其實，真實的自我常是分裂與衝突的，不可能如此單一。

大自然之所以美妙，在於萬物皆含有放光的因子，你看那怒放的繁花，茂密的森林，還有淋了蜜的草原，清澈的溪水，縱使在黑暗中還發出神秘的幽光。

好的作品如實地書寫世界，還有那神秘的幽光。

紘立的散文在七年級作家中，可說是極有意識追隨散文的抒情美文傳統，他以寫散文自許，並如實地寫出自己的矛盾與衝突。他的小說寫得不差，最早得的獎也是小說，在流行跨界書寫的七年級作家中，他選擇散文作為他的起跑點。

從他較早的〈寂寞冰箱〉與〈澡盆病〉就觸到我的美感神經，以前他恥於說出家中的景況，現在透明如水抓到致命要害，文雅的敘述中帶股狠勁，並拉扯出淡淡的憂傷。這是我不認識的紘立但卻是他的生命基底。彼時《艋舺》還未上演，他早已深入艋舺街道衝撞逃殺，田野是其一，攝影又是其一，於是我們見到萬華的老街圖與重要地景，他是個愛走路的過動兒，這個他從小生活其中的老舊城市，他來不及參加它的繁華鼎盛，卻抓到了它的衰頹與復甦的契機，當剝皮寮重新成為觀光勝地，它幾乎在臺北邊陲沉睡了半個多世紀，那裡破舊陰暗，小巷如蛇走，而流鶯與遊民穿梭其間，在新世紀進入第十年，它在觀光遊客與影象中甦醒，就算醒來也是遲暮的美人：於是我們見到他愛屯積過期食物的非典媽媽、因入贅而古怪的父親、愛簽六合彩的外婆、浪蕩江湖的小表哥、愛美的瘋狂大阿姨，這些底層人物看似離了譜，可也有自己的生活脈絡，形象格外鮮活，他們把妻賢子孝，三綱五常拋在腦後，在混亂困窘中殺出自己的血路，似乎哀感，其實頑豔：

如昔規律走在通往捷運站的騎樓，赫然現身一間招牌是亮橘子色的身心診所，極被忽略地空降麵包店與牛肉麵店中間；它有一面豢養各類觀賞魚的魚缸，正對大馬路，我朝裡看，護士和一個等待叫號的病患像活在淡藍色的海水裡，不斷地曲張著嘴唇，不冒泡，非常愜意地退化至以腮存活的魚族之窗景，完全屏除萬華的氣習。

推開萬華地圖，幾乎每個街巷轉腳都有「肖仔」。

電影「艋舺」把萬華寫成黑道之城，紘立把萬華寫成瘋狂之城，這是紘立俗辣的一面，然他的文字經過苦練，雅氣中帶點利刺，悲涼中帶著苦笑，似乎接近其實遠隔，透過這冷中帶熱，近中拉遠的視角，替我們描摩世紀交替的老臺北，一個母系家族的癲狂；瘋狂書寫誠不少，然細緻而有層次地寫的並不多——瘋狂有病理學上的，也有集體潛意識的邪魔，容格視之為「陰影」之物，在世紀交替，光明已成假面，陰影幢幢，這個崇拜骷髏與吸血鬼的年代，城市已變成《蝙蝠俠》中的黑色之城。

以萬華作為黑色之城的象徵，讓《壞狗命》這本書具有普遍與集合的意義。

世紀初的散文十分詭譎，雅言與俗語交織，生活化的書寫瓦解散文的典雅傳統，俗語包含方言、穢語、口頭語、火星文……，電腦書寫改變了我們的文字感，卻也加入許多生猛的辭彙，如楊索《苦路》、鍾怡雯《野半島》、周芬伶《蘭花辭》、《雜種》……走的是雅俗交織俗為大的酒神精神，酒神召喚的是非理性的醉狂之力，告別往昔太陽神的明朗與理性之美。

這是個語言醉狂的年代，看看媒體的用語多俗辣羶腥，還有談話節目：幹譙、帶賽、啥小、GGYY……什麼話都敢講什麼話都百無禁忌，文字的嘉年華於茲開展，散文是一個時代語言的櫥窗與實驗室，散文作者不能無所感，然拿捏分寸自在人心。

俗辣而不脫離人性與靈光的捕捉，對文字的警醒度要更高。

紘立的說話百無禁忌，嗆辣時火力全開，下筆是節制的，走的還在文雅的範疇，不脫離人性的描寫，這是安全的，對於第一本書來說，走的是正道，這又是可喜的。

然過於安全的危險在於印象不鮮明，在一堆私寫作中如何能形成獨特的風格？

還好他的原始經驗有別一般乖寶寶的薄經驗薄書寫，他用厚經驗厚書寫，將人物與情事堆高，高到讓人無法不看見，他博覽群籍，好評好辯，中文底子夠厚，萬華與家族交織的瘋狂血液讓他的經驗有厚度：

她正以雙腳彎膝蹲踞之姿態霸佔從二樓延伸進小庭的磨石子階梯，顯得過大的綿褲皺摺密密像是受歲月侵蝕導致臉頰肉鬆弛成層的樣子，無力地垂攤腳踝邊。而大阿姨絲毫搞混對錯，朝我罵「不死鬼」，卻也無意將褲子穿回，仍逕自維持姿勢便溺，尿就尿在現在流行的1000CC特大號塑膠飲料杯。

她是瘋子，萬華瘋狂集體裡的一個。

在這個瘋狂的年代，萬華的集體性瘋狂恰是我們所處世界的縮影。可以證明作者是抓住時代的某個重點，有機且系列性地書寫一個城市的瘋狂。

跟五、六年級作家少年老成不同，跟同樣是學生的作家徐國能、甘耀明相比，七年級作家有不願長大的「嬰兒Tone」，造成書寫上重覆且輕重不分的現象，就處女作而言，這本書具有整體感，但各篇的長短優劣不均，還是可看出寫作經驗不足。

我常想作家的第一本書應該是什麼樣子，是一鳴驚人的《傳奇》或倉促上台的泛泛之作？紘立的出發點或許沒有太高，至少不是站在小雞頭上的短視，而是跨在小老鷹之上的飛行。

寫作者最怕的是沒準備好就急著上臺，經過六年沉潛，我相信作者上臺前已準備好，像小老鷹一樣準備飛出一片天地。

*《壞狗命》（周紘立著）推薦序

加害替身的創傷迴旋曲

——吳曉樂《我們沒有秘密》的複雜技藝*

我最早是在書店「親子教養類」中找到曉樂的書，讀完後深為她的精準抓句與複雜心智吸引——有些人是開頭王，有些人是結尾王，只有少數人是金句王，如哈姆雷特、紀伯崙；而懂得抓重點轉化的是抓句王，不管是引言或對話，曉樂都是命中要害。類型小說通常化複雜為簡單，它並沒有比較容易，只是讀者群指向不同：而嚴肅小說是把微小之事寫得很複雜，它需要較複雜的心智。

一個家教老師書寫的學生故事，這題材說真的並不突出，然而為什麼會引發如此巨大的迴響？教育理念或針貶只是其一，說新穎嘛，也還不到革新者的地步，貼緊事件肉搏戰與可怕的分析力，揭開假面才是重點。這跟作者的複雜心智有關，一個個學生個案，從教學者與學生或家長不同的視角出發或交織，最後以自身的案例為結，說真的已超出教育者、心理諮商、紀錄者的範疇，這已不是人師或經師能訴說；而是一種迷狂，她深陷其中一如闖入古堡中的簡愛，一個自立自強的新女性，護衛軟弱學生，對峙威權（不關心兒女的冷漠男性、緊迫釘人的女性、這其中還躲藏著閣樓中的瘋婦）。這個新世代簡愛對「真相」有著不知何來洶湧的探索熱情。

因此曉樂寫小說，尤其是長篇，是自然而然又是必然的。

第二本《上流兒童》，藉田野完成，有其真實感，說故事的能力更強，但為「上流」所限，總有點卡卡，還帶到「上流氣」：如今來到第三本，完成她的「教養故事」三部曲。其實曉樂的關懷更多的在「學童」上，因此朝《愛彌兒》或《惡童日記》的方向去發展更好，因她的關懷更多的是「人」與「善惡」。此書雖然還是家庭校園題材，卻已跳脫「教養故事」，直接瞄準人心的幽微，然它能算「教育小說」嗎？「教育小說」又稱成長小說，多採傳記形式，如歌德《威廉・麥斯特的學徒歲月》，或大家較為熟知的狄更斯《大衛・科波菲爾》，因此也扯不上關係。

曉樂像石頭蹦出來的作者，在年紀輕輕時就展現天賦，不是學文史哲出身，也沒文學老師或小團體，就是天生雜食文青，讓我想到德國學法律的作家馮・席拉赫，他寫了許多討論罪行的小說，他說：「我們能原諒所有人，甚至寬恕我們最痛恨的敵人，但多半無法原諒自己。這份無能之感傷害至深並致使我們陷入孤單寂寞。」這種深刻的理解需要更深邃，犀利的心靈，「對罪行無能的感傷與孤單寂寞」，也許是曉樂本書的起點。

故事是有關禁忌與傷害的故事，卻層層疊疊，步步進逼，作者最擅長的家庭與校園場景細節，同學與同學間的親密戰爭，甜美復仇，都很扣人心弦。把看似簡單的人事寫得很複雜，萬事不簡單，人人有問題，最後指向最原始的傷害。

什麼是原始傷害？在禁忌與原始經驗中，從出生傷害到家庭、親人、性別……涵括所有最初的親蜜關係，這些九〇年代的陳雪已尺度大開，再早一點有張愛玲、歐陽子……，相隔幾十年能再出新意嗎？作者的複雜心智在這裡得到盡情發揮，重點不在原始傷害，而在加害替身或代理人。這裡的敗德與禁忌書寫是更尖銳的。

一種尋找替身或代理人加害的概念貫穿全書，因此出現許多多雙子意象，有面貌相似，個性類似的成人吳辛屏與蕭艾瑟，處境相似的宋瑤貞與吳辛屏，相互愛慕的中學生宋瑤貞、吳辛屏與宋懷宣，同是人中龍鳳的兄妹宋懷萱與宋懷谷，其中的吳辛屏是雙重的替身，也是雙重的被加害人。

這樣的人碰在一起會發生什麼事，你應該能想像，喔，不，這只是原先的原先。故事是從律師范頌庭尋找失蹤的妻子吳辛屏開始，也不是這樣，在之前先鋪墊他的案主也是高中同學的女兒娜娜失蹤開始，她從國中起就跟乾哥哥們上床，以致對方被求償，我們以為這會是故事的主線，是一個少女的浪蕩與犯罪故事：其實真正的故事要到近十頁才開始，律師范頌庭更有問題，「跟你在一起的女人，到最後只會被你逼瘋」，他的前妻蕭艾瑟如此說，第二任老婆吳辛屏，她們長得像一個模子刻出來的，都是纖細精緻的女子，且為婆婆不喜，關係緊張，發展至這裡又像是婆媳與家暴故事，然而也不是；大約到四分之一，轉換成第一人稱，是宋懷萱與小學同學瑤貞的「純愛故事」，故事一直誤導著我們，快到中間主要的事件才浮現，瑤貞之後有吳辛屏，她與宋家兄妹的疑似三角關係，之後辛屏被強暴……，你可理解作者多麼小心翼翼鋪排情節，一直將故事核心往後挪，這種延遲與充滿拐點的技巧，我們通常稱之「懸疑」、「曲折」，作者嚴密地佈置情節，並且首尾呼應，對女性肉體的甦醒，也寫得小小情色，是魔性的那種。

最生動的人物當數一群校園女性，尤其宋懷萱，較不立體的是男性角色，尤其是主事件的核心份子宋懷谷。

作者在情節與人物設定，讓他們往複雜的極度化走去，能滿足讀者一眼看不透與吊胃口的心，機巧的情節不但虐人也虐心。

對於第二本長篇小說，作者力圖跳脫通俗，跨過類型，往更深刻的人性描寫走去，可說是陳雪與張曼娟的奇妙混合，作者不完全通俗，寫作態度一直是嚴肅的，一般人很難在這兩者之間取得平衡，曉樂卻作到了。在這通俗與嚴肅失去分際，得ＩＰ者得天下的時代，我心目中類型的標竿人物，早一點的是渡邊淳一、山崎豐子，晚一點的是白石一文、東野圭吾，臺灣是高陽、瓊瑤、侯文詠，昇級版可說是「中間小說」，如吉本巴娜娜、井上靖，再上一點是村上春樹。另外，我喜歡的兩個年輕小說家，也是我投票選出的電影小說獎得主，胡遷與雙雪濤，他們的小說水準凌駕ＩＰ，之後寫出的嚴肅小說更驚人，誰說寫類型跨不過去?主要是長篇小說是時間的藝術，也是慢的藝術。它要求的是想像力，而非幻想力。

長篇更是複雜的藝術，是透過顯微鏡看世界的「鑽石孔眼」，曉樂的複雜心智讓小說的複雜性得以顯現，然而焦點在細節，並非情節，過於「情節」中心走向，人物的刻劃會失去焦點與立體的可能，有許多人物是工具性、陪襯性的。

那些肉眼看不件的人性肌理，與事物的方方面面，當你放慢腳步，以心靈之眼看世界，將會看到冰山融化中的景象，那夢境般的世界。最重要的不是情節，而是靈魂的重量：如果你只望著目標快跑，那將只看到目標，完全看不到其他。慢工出細活，這算是我對曉樂的期許，不為ＩＰ所限，能夠凌駕ＩＰ。

自身的加入很重要，小說家以曲折迂迴的方式介入小說世界，有時比散文更赤裸。曉樂的肉博戰與抓句真的是厲害，也是她的優勢，別因寫小說就放棄，第一人稱永遠是扣人心弦的母音。

本書中也有寫得慢，而較細節的部分，如第一人稱自白的宋懷萱，及奧黛莉三人組，三一副班長，都把校園與少年少女寫得很鮮活。

如果碰到厲害的製作，這將是優秀的腳本，不管題材角度、議題都很誘人，成功的機率可以想見。臺劇正在風生水起，小說與影視結合是雙贏的局面，期待曉樂的作品會是這個風潮另一個高點。

＊《我們沒有祕密》（吳曉樂著）推薦序

萬里之心

——談哈金的《湖台夜話》*

從書架拿下哈金的幾本小說集，原來我深讀過。這感覺從來沒年輕過但也不會老去的作家，也到寫雜文的年紀？跟一般的小說家散文，有什麼不同？關心的會是什麼事物？令人好奇。

他的小說跟有些移民作家不同，如高行健的「沒有主義」者下的無國界無歸屬的虛無，或米蘭昆德拉的「反終結論」的高冷敘事不同，他的手法是誇張的寫實，而少超現實，接地氣且血肉淋漓，他接近張愛玲的「紅樓夢、海上花列傳是我一切的根源」，接續的是寫實敘述傳統，而且是《儒林外史》、《孽海花》式的諷刺與隱喻。張堅持回溯傳統小說，使她離國越遠，而書寫越內向，而哈金的小說為何能超越華裔作家在美國的侷限突圍而出，你可以在這本小文集找到答案。他可說是個既在內又在外的作家，他有族而無國，有愁而無鄉，內向外在兼顧，這使他能逃過小說家的「險惡時刻」，能被大眾接受，這種圓融的態度使他在近年還能在漢詩中悠游書寫李白傳，祖國與鄉愁的詛咒對他而言並不存在。

這本文集討論的面向很廣，從祖國鄉愁到張愛玲、奈波爾，從小說筆法到漢詩，從亞裔作家到李白大傳書寫，也談年輕作家與老作家之爭，感覺他有著萬里之眼，能看到時代與作者關切的問題：也有著萬里之心，感受到現代作家對追求「不朽」的焦慮，以輕鬆的筆調談論這些令人發抖的問題，他老神在在「大題小作」理路清晰，見解獨到，一般人可以讀到他的「小學大思」，治小說的人可能會暗暗叫好。譬如他談張愛玲，說她最好的作品是《秧歌》，我在頻頻點頭之餘，讀到作者說她的小說在「病態的快感」中進行，而具有「前瞻式的寓意」，這種見解連現代評論者也難及，說得相當精準；又提到《赤地之戀》的英文直譯「疙疙瘩瘩」，造成閱讀困難，而且前半不好，只有後半好，他指的是寫三反五反與戈姍的部分，還保留著「病態的快感」，因此還是好一半。她之所以不能得到美國讀者的心，正因為她遭遇作家的「險惡時刻」，也就是惡評與惡意的出版界，這些都深得我心。

能看這麼準這麼細，想必風格接近村上春樹的細膩，但他似乎更喜歡奈波爾。從這點延伸出他的小說理論，他講到有些作家講「內功」，如村上春樹，少數如奈波爾內外兼治，因小說有內部結構與外部結構，兩者兼具的作家不多，他用運動員作比喻，村上「有巨星的範兒，要彈跳有彈跳，他要速度有速度」，但就是「不進球」。可憐啊（套韓某的話）！

那還有誰同時擁有內部結構與外部結構？契坷夫、屠格涅夫、托爾斯泰，可見作者的文學傳承是六年級以下不談的經典，與蘇聯文學的「時代良知」式的大師傳統，因此他會談要比小說，就比誰能留下來，也就是「不朽」。只有這樣才能弭平青年作家對老作家的憤恨，這裡不存在世代之爭，也就是說世代之爭是正常的，要解決它，只有賴「年輕作家青年作家對老一代作家的正常態度，應該是在寫作方面挑戰他，力爭寫出更優秀的作品」，而不是打倒他們，優秀的作品能將年輕作家拉到更高的地方，這也是臺灣作者面臨的問題。他也談及作家要為誰而寫以及為什麼要寫的問題，他引詩人約翰．貝里曼的話說「為你所熱愛的、已經死去的人寫作（for the dead you love）。」而寫作與內心的饑餓有關，「我覺得寫作是在滿足自己內心的飢餓，是因為找不到別的方式來減緩這種飢餓，所以就寫下去，可以說這是種病態。雖然這樣認為，從理性上講文學其實跟飢餓也有內在關係，因為飢餓跟藝術有不解之緣，也是寫作的動力。」在這個文學創作處於低谷的黑暗時代，這些話讓人直視寫作的本質，而產生新的勇氣。

他也提出一個有趣的問題，美國出版界熱中於亞裔女性回憶錄的傳統，源自美國男性對東方女性的投射，她們較性感與吸引人，這樣的「黃熱病」讓亞裔男性的自傳乏人問津，這確實是大問題，美國不應該停在黃熱病。現在狀況有了改變，他舉出幾個引人注目的亞裔男性自傳小說，也許是時侯作者該書寫回憶錄了，令人期待。

這本看似清淡的雜文集，比一些小說課或講堂書還具可讀性，甚至比瑪格利特愛伍德論小說《死亡的協商》更直指要害，文體清淡，是不是風格的問題？還是中文寫作較直白？整體來說大器、有趣而機智，令我想到大江健三郎與川端康成的雜文，川端有一篇評論浮世繪畫家，稱其作品顯現「臨終之眼」，這麼神的感通，清淡幽遠，只有大匠能為之。

*《湖台夜話》（哈金著）推薦文

戀戀小說

——陳芳明VS.周芬伶*

陳芳明（以下簡稱「陳」）：這篇小說（《花東婦好》）格局很大，太驚人了。你不僅寫三代，還橫跨兩岸，並上溯到殷商時代，真的很了不起，而且小說中還有小說，這也不是剝洋蔥，你好像把它都重疊在一起了。我比較好奇小曼和高捷後來的發展。我對日據時代的美術史還懂一點點，陳進是屏東人嘛，但盧寶惜這個人物我沒聽過，是你創造的嗎？

周芬伶（以下簡稱「周」）：對。盧寶惜這個人物算是陳進的一個影子。我想要寫四〇年代一群留日畫家的命運，過去歷史小說很少聚焦在這些文人藝術家身上，尤其是海外的這些，他們的命運其實蠻悲慘的。當時我的一個發想是寫家族史跟藝術史，可是不知不覺越寫越大，像是寫到外太空去了。

陳：不過，我覺得你快要拉太遠的時候，又會停下來回到原點，我本來也擔心在閱讀的過程中迷失了，可是看到高捷在大陸找不到周寧時，就開始寫小說，我覺得這是很棒的構想。高捷看到甲骨文的拓片，然後開始重新建構歷史，你是念中文系的，讀過文字學，可以把曾經有過的訓練融入小說。我讀到這裡的時候有點心虛，但還不至於令人太苦惱。我反而對高捷以後要發展的那部小說有興趣。（周：他寫的是真正的「花東婦好」。）我想你寫這三代人，是不是認為臺灣歷史不僅僅可以用女性來寫，而且可能要翻轉過去那種只是用對抗、或者反對批判的立場。你希望用女性的主體來重新寫臺灣的歷史，你的企圖是這樣嗎？

周：這是其中之一，但剛開始想寫的是我故鄉的兩個城市：潮州和東港。它們一個興起，一個沒落。日據時代東港非常興盛而潮州比較不行，後來潮州變成交通的轉運站，東港便沒落了；近年來東港因為鮪魚季而興盛，潮州又沒落了。我想透過家族史去講南方的城市史，歷史小說比較少寫到南方尾端的生活和歷史。關於庶民的已經有很多人寫了，所以我自己採取比較熟悉有把握的，也就是文化和藝術方面，主角都是所謂的文人，包括畫家和作家。

整個創作過程中，我去香港客座是一個很大的轉變，可能是寫作地點改變，想法跟著改變。為什麼一定只寫臺灣？有很多東西是普遍性的、可能不朽的，就如「文字」本身。那時當我寫到「文字」，就一直改一直改，剛開始本來是盧寶惜出場，最後定下來從高捷的文字來入場。它變成一個很大的東西，要去談文字本身的發源以至包括人對整個寫小說的認識和體悟。原來從一個寫實的、歷史的小說，後來變成比較後設性的寫法，這中間其實轉變蠻大的。

陳：現在寫到橫跨兩岸的作品越來越多，比如像蘇偉貞的《魔術時刻》。我覺得你可能是最早開始這樣寫的人，《妹妹向左轉》的時候就已經寫到，不過那時候好像還沒有實感，中國只是一個形象而已，可是你現在寫到西安的部分就很具體了，你是不是去那裡很多次？

周：對，西安我去了好幾次，但大陸其實我去的不多。去都不只旅遊，做田野比較多。我第一本在大陸出版的散文集《百合雲梯》就是陝西人民出版社出的，為了這本書跑了幾次西安。

陳：龍瑛宗〈杜甫在長安〉就是寫那裡。龍瑛宗八十幾歲的時候，兒子劉知甫帶著他到大雁塔，他爬到二樓就爬不上了。我後來聽他兒子講，說他父親好高興一直笑，兒子問他為什麼會這麼高興，龍瑛宗就說因為我從來沒有看過大雁塔，我是看過日本人的史料，根據史料寫進〈杜甫在長安〉，所以先寫小說才看到景物，覺得滿心歡喜，彷彿達成一生的心願。他很崇拜杜甫，所以兩個孩子才會叫知甫、文甫。你去西安跟龍瑛宗有沒有關係，還是純粹為個人出版？

周：剛開始為了出版，但我去太多次了，時間都很接近，大約在一九九〇年代初期。當時我正打算研究龍瑛宗，所以去爬了大雁塔，而且爬了上去。它是舊式木梯建築，真的難爬。劉知甫背著父親爬上去，龍瑛宗數了階梯，跟他看的史料是一樣的數字，他高興是因為這樣，最近我正在寫他的傳記，也提到這件事。縱使你是對中國歷史不懂的人，甚至是日本人，我相信去爬大雁塔這座長安的象徵物，心裡面一定是有感覺的。

當然我非常喜歡自己的土地，但是我覺得我的心很開闊，我想要寫一個希望可以連結過去破碎跟分裂的東西。我想要去找回那個東西是什麼。因為現在的小說過於破碎、分裂，包括結構的分裂、人性的分裂，土地的、族群與文化的分裂。那麼縫補的契機在哪裡呢？我後來想一想，有個很大原因是我們對自己的文字也不再相信了，沒有真正的感情。我覺得現在的作品很大的問題在於讓人感受不到真情實意。文字已經沒有辦法傳達真情實意，這是很可怕的事。作家不曉得自己在寫什麼，或說我們讀了某個作家的作品而沒有感覺，這跟我們的年輕時代很不一樣。

所以為什麼我會追溯到那麼遠，絕對不只因我是中文系的，其實在我還沒讀中文系、年紀很小的時候，就讀陳冠學的文字學（《象形文字》），那個是我的床頭書，當時就覺得文字好奇妙喔。陳冠學不是文字學家，可是他寫了文字學，很久以後才寫《田園之秋》。（陳：他也是你們屏東內埔人）文字對我的啟蒙是從此開始的。後來進了中文系，文字學是小學裡我唯一感興趣的，聲韻就很爛（笑），我又加修了古文字學，金文等等，於我，文字的基礎是存在的。可是我覺得小說裡談太多這種大家都已經知道的東西也沒有意思，所以一看到婦好這個題材——她是一個女性——我就知道我能夠進去、可以穿梭和投射很多東西，甚至要彌合性別的問題。過去我的寫作比較以女性為中心，對男性沒有把握，不太敢進入男性的內心，我從小在女人國長大又讀女校……

陳：屏東女中是你母校？所以你也都把它寫進去了。

周：是啊。大概也是對原鄉的書寫。但是原鄉的原鄉，應該就是有所謂共同的鄉愁，即我們對文學的那種迷戀來自於最初受到文字的感動嘛。

陳：你的小說有古代的婦好，和現代女性的婦好，目前我讀到的部分還不知道現代的婦好如何發展，不過透過高捷筆下的小說所去建構的婦好形象，你是不是想要講女性的特質從古代到現代有某一種銜接，還是有某一種強烈的暗示和象徵？

周：我想表達的也許是古代並不如我們想像得那麼遙遠，雖然是幾千年前的人，但就心靈的歷史而言，幾千年應該是很短暫的，我們是可以體會到那個時候。這就是為什麼她們會結合在一起，以及高捷的小說為什麼後來會改變，本來他是笨拙的網路作家，他要講一個故事，打算轉譯歷史寫成小說，可是他又不滿足僅僅只是這樣子的創作，這也代表我也不滿意自己的小說就是這個樣子。剛開始我也當成歷史小說來寫，你可以預料它就是一部大河小說，但是我不想寫大河小說，裡面很多是史料的翻譯，把它翻譯得很現代變成歷史小說。我心目中歷史不只是個寫作題材，它是需要我們重新再活化並銜接過去（古代的、世代的）所斷裂的東西。近來我對此感觸蠻深，想去尋找銜接兩者的可能性。

陳：你的小說有很多條線，一是小曼父母他們的世代，這是臺灣政治犯的歷史；一是第二代高秋高準，就是保釣的歷史。我看到你寫他居然見到了金日成、又見到鄧小平，那是七〇年代初期、乒乓外交的時候。讀到這邊我是蠻有感覺的。然後是另外一條線，你沒有交代戰後，而是立刻進到跨越兩岸的故事發展。所以你既是在寫臺灣的殖民史，一直到戰後的戒嚴史，也觸及到女性的身分，從最保守的時代慢慢鬆綁而走出來。那麼多條線，每一條都可以發展出一個故事，你寫小曼的母親盧寶惜這段又可以牽涉到臺灣的美術史……。你是不是先寫過大綱，不然怎麼處理它們？

周：我的野心太大了，但是我找過非常多資料，包括三、四〇年代在東京美術學校崛起的那一代畫家，其中有黃玉珊的叔叔黃清埕，我也去看過他的作品。我對四〇年代有很特別的感覺，對歷史有特殊的感情，但我不是歷史家，所以我會去處理很多四〇年代的人事物，包括龍瑛宗、張愛玲以及這部小說，其實是以四〇年代戰爭前後為軸心在轉動。婦好她也是不斷地在戰爭，三十幾歲就死了。過去古人的生活跟現代人差不多，也是戰爭和疾病，這篇小說也描寫戰後的疾病。潮州原本有個瘧疾研究所，就我小時候的印象，那裡庭院深深，來往都是黑頭車、外國人，在一個偏僻的鄉下為什麼會出現那些東西？他們當時種的奎寧就在旗山一帶。臺灣戰前戰後的瘧疾很嚴重，我父親是衛生所所長，他對於瘧疾防治很有興趣，以至於我對這段歷史也蠻有興趣，進而書寫那個時代度過戰爭和疾病的過程。婦好的故事也就是戰爭和疾病的故事，所以兩邊是可以相扣的。

陳：熱帶醫學跟整個殖民勢力的擴張有關係，醫學跟殖民往往是環環相扣的。朱點人就是在熱帶醫學研究所做事，他就是四〇年代的，戰後一九五〇年時遭到槍決。我記得已經有人在寫臺灣的醫學和殖民地的文化歷史，那你這篇小說開始寫到這條線了嗎？

周：寫了，都在目前完成的二十萬字裡面。（陳：但我還沒有看到。）現在只發表了四萬多字。關於那段發展，杜日清博士當時在瘧疾研究所，而瘧疾研究所就位於潮州神社裡，他養了很多猴子做活體實驗。小時候我常去神社玩，我以為是公園，印象很深，長大才知道那裡跟瘧疾研究所有關係，因此透過醫療跟疾病來寫臺灣的戰前戰後，這也是我要嘗試的部分。至於保釣，為什麼我敢去碰？我的姊夫畢業於康乃爾大學，他是保釣黑名單，去過大陸，還見到鄧小平，所以這部分我就點了一下，並未多加著墨。一開始我寫這三代的家族史故事，寫完了才六萬字。我覺得長篇小說需要的題材可能不只家族史，一定還有更豐富的東西，我沒有朝特定方向去寫，這可能是後來規模變這麼大的原因。慶幸的是，當處理到「文字」，我第一次感到這是對的方向，感覺一直湧上來，於是從頭修改，改成目前這個開頭。

陳：你說早期讀了陳冠學的文字學，在你的小說裡面，我看得出來也寫到他。這牽涉到你的知識啟蒙，然後一關過一關的累積，你的旅行或愛情經驗是另一種知識累積，可是大部分知識都是從文字來的。所以這也算是一個女性啟蒙過程的歷史，隨著時代開化，女性從囚牢裡釋放出來，也跟男人一樣接受世界的知識，可是女性看歷史、看社會與家國跟男性不一樣。現在我還沒看到全部內容，你說寫了二十萬字，要不要分集？

周：大概就是分小節，穿插高捷的小說，有十段。高捷的小說剛開始的狀態比較像網路的歷史小說，包括故意有些錯誤的訊息，慢慢的他想要寫一個自己的、生命的小說，過程中他也發生困難。創造高捷這個角色的目的就是讓他對小說本身產生自我質疑，當然他仍然有自己的故事。至於還沒發表的內容還包含了簡體字和繁體字的問題，我會提到被清算鬥爭的陳孟家，他是一個詩人，跟周寧有很深的關係。寫到後來就不太想結束，每天就是跟這幾個人物對話，蠻享受書寫的過程，第一次感覺不希望一部小說結束。

陳：你已經有戀字癖了，而且當你覺得這是一個很好的故事，就不忍心那麼快結束，所以你其實好像在跟你的故事談戀愛。

周：我覺得應該就是要這個樣子，否則寫作的目的是什麼？寫作的人花了十年，如果沒有樂趣，對故事沒有情感的話，是蠻難撐下去的。

陳：我覺得你正在改變。從最早的《絕美》，到《妹妹》、《熱夜》，之後是《汝色》、《世界是薔薇的》，對你來說，那是很大的變化。今天看到你這篇小說，我覺得你又要開始變了，而且變得更複雜。那種橫跨好像要渡過一個海峽或人生的關卡，我在讀的時候感到你似乎要到達一個融會貫通的境界。你這輩子寫了很多，又讀了那麼多，就年紀而言你已經進到一個爐火純青之境，把所有累積的知識和經驗融會在一起，我大概可以看到這個企圖。所以，我想談你的轉變，從《妹妹向左轉》、《熱夜》到《汝色》、《世界是薔薇的》，你那時候因為感情受到很大的挫折，可是感情的衝擊會引起你對性別的質疑嗎？對此，我很難理解。

周：我覺得性別對我一直是個大問題，跟我在比較多女性成員的環境成長有關。談戀愛時，發現問題，我覺得進不去男性的世界和心靈，包括我十九歲第一次寫小說時也發覺我不會寫男性。我不是一個分離主義者，也不打算偏執地以女性為中心來寫作，只因我對女性比較有把握，交朋友也是。不過在寫這部小說的過程裡，我發覺比較能探進男性的內心。也許很多事情是我跟我自己的和解，本來我以為自己有性別障礙，不願進入男性的內心，一旦當我進入男性內心，才發覺並不如想像中障礙重重。這篇小說剛開始都是以女性的觀點在寫，後來改成以男性高捷的內心入手，寫來更得心應手。也許真的已經去性別化了吧。（笑）

我覺得現在比較能夠欣賞男性，用客觀的角度，理解他們的內心。一方面跟我比較親近的學生也以男性居多，他們比較早熟，內心偏陰柔，性別的越界比我們更加流動。

陳：你的轉變不只是跨越性別，還有文字技巧。在《妹妹像左轉》之前，你很注意文字的精煉，而且很濃縮，意象很清楚，好像希望每個段落都能擊到讀者的心。但從《熱夜》開始，特別到了《世界是薔薇的》，濃縮的文字都打散了，打散有打散的好，不必那麼矜持，似乎隨手寫來就是文章，不須像早期那樣努力經營、堆砌，好像整體都鬆綁了，但結構仍在，直到後來你進入現在的散文書寫，例如去（二〇〇九）年被九歌選入的那篇（蘭花辭），其實就是你現在的想法，你也不再顧慮結構，就是寫出來，但這樣寫出來了還是好。你的文字技巧越來越精進，不須多加設計。你自己發現這一點嗎？跟你開始使用電腦寫作有關嗎？還是對文學形式或藝術的思考有某種領悟？

周：很多人懷疑我是不是自動書寫，直接跳出來蹦出來。我現在寫東西完全不先設想要寫什麼，只要切入某一點，就鑽進去了。這種寫法是一個大靈感來了之後，隨後就帶來一大串東西，這一大串如同自動書寫般一氣呵成地自己湧出來。有時自己也會感到害怕，不禁要想這真的是我寫的嗎？怎麼會是這樣的東西？現在我都是從單點刺進去，接著開始開展，這種方式看似沒有計畫，可是其實在潛意識裡有個結構性把它拼起來，如同原始人的思考，所以我覺得人類的腦袋是相通的，原始人在想事情一定不是靠邏輯或方法，一定是看到什麼便是什麼，很直覺的。我現在寫東西就像原始人。我一直在想有沒有一種東西是先於思維，在我們思考之前便存在的。二十世紀是個理性主義的時代，後來現代藝術興起，非理性的力量開始興起，尤其是有意識的瘋狂，而原始人有一種無意識的瘋狂，就是不受任何拘束的，一定要去表達出來的東西，這吸引了我，也是導致我現在的寫作改變的原因。

陳：所以我覺得你會開始產生變化，是因為你已累積許久許多了。你現在就是在整理過去積累的記憶，你寫的小說就是在處理記憶和時間，所以小說也隨著你的演變跟著演變。

周：它也算是一個心靈的演變史，就是說心靈有自己的走向。我覺得重點在於人要追求自由這件事情，不管政治、種族、性別還是書寫創造。過去的人跟現在的人是一樣的，都渴望得到自由，但追求自由的過程中會被綑綁，因為自由如此難以獲得，所以一路上我們會被某些東西綑綁，自由的過程就是一再被綑綁，一再脫困，然後再被綑綁再脫困，最後得到的可能還是受限的自由。這大概是我整個寫作歷程的感受。

陳：你講的自由當然是指心靈的自由，可是只要是生命就不自由，就是在有限的格局裡。你這篇小說有很多細微的東西，譬如甲骨文，這些是你從前學文字學所累積的嗎？

周：不是，文字學是很久以前學的了。這是我後來跑到殷墟，從香港花了三天才抵達位於河南安陽的殷墟，它在一個非常偏僻的地方，我想親自去看。「婦好」的墓直到九〇年代才出土，雖然在大陸已經是個景點，去的人卻不多。我去（二〇〇九）年去的時候，整個宮殿遊覽區只有我跟我妹兩個人，很少人去。我覺得這些是很棒的，如果能拍個電影，拍個「婦好」的故事多棒。沒有人要拍，我來寫總可以吧。三千多年前一個女性的事蹟幾乎都呈現在甲骨文裡，包括她牙齒痛、懷孕，還有打仗、生病，這些都被詳細地記載下來，是很好的題材。

陳：那個地方大概只有中文系或歷史系所的才會去，一般人大概很少會去。不過我想文化本來就是流動的，是後來的意識形態或政治的支配才強行切斷，但它原本就該是流動的，傳承的，這就是我們的文化基因，也是世界的，對漢人來說那是獨具意義的。就好像楔形文字是埃及的，甲骨文是漢人的文化基因，這是與生俱來的。

周：剛剛提到周寧這個角色，周寧是寫文革和陳夢家的關係。陳夢家被清算鬥爭，他的主張就是反對簡體字，因此被勞改直到自殺死亡。這段也是我很有興趣的一段歷史，一個詩人怎樣變成一個文字學家，如何去捍衛漢字，他要捍衛古文字，這是現在任何一個地方的人都應該要去做的。我們現在使用的繁體字也是古文字。簡體字算是比較現代的中文，採用羅馬拼音。現在臺灣用的文字就很奇妙，它幾乎是一個自創的語言，不是生活語言。

陳：發音也是人工的，像ㄅㄆㄇㄈ……。

周：這只有我們自己在使用，但語言的問題會影響創作，現在的ㄅㄆㄇㄈ是無法觸碰到古代的，古文不是這樣拼音。現在談文字還可以被接受，但聲韻是已經被淘汰的東西，現在去談反切也沒有太大的意義。關於聲韻，我談到發音，我小說後面提到唇音，我們最輕密的話語就從唇音開始，papa、mama、fufu，從以前開始很多民族都是這樣。早期可能是唇音，到後來就變成唇齒音，像抱抱、貓咪 mimi，這種親密的感覺都是唇音。恐怖的語言就會發齒音，比如說鬼，「鬼來了」、「恐怖喔」，都是齒音。原始人一定也是這樣，當他看到雷電、閃電，這麼恐怖的東西一定令人牙齒打顫，所以才會發出齒音。聲韻並不像我們想的那樣可怕，反而跟我們自然的反應有關。這就是為什麼後來高捷的小說會有巨大的轉變，語言和文字之間有一種連貫性，但現代人對文字已經沒有深厚的繾綣，才藉由書寫的過程建立對文字的情感。

陳：你有自覺自己正在變化嗎？

周：有，我最近常在想我為什麼好像不太一樣。我認為這個「不一樣」是重整年代、重整時期，也就是說我已經慢慢解除過去的束縛，比方對於情感無法解決的部分就放掉，對於無力完成的事情就結束掉，過去的病痛、受到限制的東西，都慢慢放掉，重新在自己的能力範圍裡整理自己，找出新的方向。

陳：我的觀察大概也是如此，你是有自覺的。我的年紀比你大，可是我是看著你的書變老的，你一直都是我長期注意的作家。我常會找幾個作家，長期觀察他怎麼成長。你有些微的變化，我可以感覺到，例如去（二〇〇九）年你寫的那些散文。其實從《蘭花辭》以後你就開始放棄很多形式，我覺得形式本來就是很矜持的東西，你要求自然，求放心。所以你要的是那樣？

周：就是自在。書寫除了是一種表達，也是讓自己自在的一種方式。以前的東西都需要靠搏鬥，但搏鬥太累了，令人讀得劍拔弩張，好的文章當然需要劍拔弩張，可是讀的人會感到很疲勞，有時候我看一些經典會感覺作者很用力在寫，但是一個作家要寫一輩子，幾十年，如果一直那麼緊繃用力，很容易累垮。所以一定要改變，否則不是累死自己，就是走不出來，一定要尋求轉變，和文字建立新的關係，我不用刻意對付你們，而是讓你們自然產生，讓你們跟內心的慾望一起存在，想寫什麼就如實呈現，每個時段每個念頭就這樣一個畫面接著一個畫面誕生了。剛才說到很多東西是抓不住的，當然，我們的念頭這麼快，要用一個東西把它鎖住是很不自然的。人的念頭瞬息萬變，自己就要非常柔軟，非常放鬆，跟文字相處應該是一種很柔軟很放鬆很安心的狀態，這樣就可以跟它長期和平共處，不會彼此拖累塌垮。

陳：你對性別的看法也是轉變中的。譬如講女性，就我個人觀察，大概八〇年代到九〇年代中期基本上都在寫情慾，寫身體的解放，一進入九〇年代中期，慢慢地，女性開始干涉歷史。過去的歷史都是男性在寫，男性的史觀談的大概就是權力支配，一旦女性開始放手寫就會看見幽靈。九〇年代末期，施叔青和平路開始重新解釋歷史，李昂也是，她以小說重新建構歷史。如今女性已開始解釋男性，本來都被男性壟斷的歷史，女性也開始介入發言，於是整個歷史史觀的板塊大量移動。這個就是過去男性不會寫的，過去男性不是很悲壯，就是忠孝兩全，或者捍衛國家，可是女性會看到失敗的、失落的，或者是失事的歷史。由女性來寫，更貼近歷史，因為過去的歷史實在太矜持了。我自己出身歷史系，讀到的都是忠臣跟奸臣的忠奸之辯，但女性不是，她們看到的是人性的脆弱，看到愛情的挫敗，看到殖民地或領土的失去。我覺得這是一個新的改變。

你剛才所說的跟自己和解這樣一個講法，又是另一種。男性在寫歷史時，是否定所有女性，所以女性是缺席的，後來女性動手寫，開始干涉男性的歷史，起初還是某種緊張的關係，因為她們寫了男性的挫敗和失去。你這部小說不禁讓我思索是否兩者能夠共存，也就是你說的和解。對我來說這就是新的，我覺得找到一個新的方向，對任何文學創作者都是很大的挑戰，這是你自己生命發展的過程，你的演進。九五年中期，我在臺中看到你，當時是你最困頓的時候，可你走出來了，尤其是那本論文《豔異——張愛玲與中國文學》出現的時候，我非常高興，一個作家沒有被擊敗，而身為一個學者，你置身那樣困難的環境還是站了起來。那種喜悅我想是勝過當時所有認識你的人，因為你的轉變，我知道以後你的生產力會更強。你剛才提到，說你的學生關於性別的流動比較自由，事實上，所有的文化如果要有生生不息的生命力，就該是流動的，理解也是一種流動，對話也是一種流動，這是我對你這本小說私底下的一種期待。

周：這……你說的實在令我感動。我是一個很喜歡讀小說的人，後來教小說，然後看著小說從寫實主義一路走到現代主義走到所謂的後現代，直到進入無路可走的狀態。我對於新世紀有很大的期待，回顧過去三個世紀的二〇年代都是最精采的年代，一七二〇年、一八二〇年、一九二〇年，一九二〇年在西方就是現代主義的盛世。我們是不是也能期待下一個二〇年代呢？文學受到網路的影響，的確是卡著的，但它還是得要轉起來，要從受到網路控制的這個影響轉出一個新的方向。目前我覺得動得最快的是詩，第二個是小說，小說內在持續的演變發熱在這個世紀初，已經無法用新鄉土、後鄉土這樣的分類來解釋，它就是一個網路後的文學，經過網路浩劫小說重新站起來，有一點新浪漫的味道，有點像回到新的五四。我們能否期待那樣的年代？散文應該是最慢的，我覺得散文被網路摧殘得最厲害，但我並沒有對散文失望，還是會跟上新的時代。小說一定會殺出一條生路，在新世紀之初網路興盛之後，小說面臨的不是過去藉單一媒介來展現的時代，沒有人預料到時代變化如斯，對於我們的讀者都是網路原住民來說，這些新文青的內心渴望的不是破碎的東西，而是一個回到原點能銜接過去的東西，這是我的一個思考。

陳：如果白話文是一次文學革命，第二次革命就是現代主義，開始寫人的內心世界。第三次文學革命則是網路，我們現在看到好像是失去秩序每個人都有發言的空間，但我相信你期待的二〇二〇年，我也期待二〇二〇年，從網路的文字使用看來，創作者已經比較有信心也比較能掌握了。網路講求快，傳達迅速，創作者希望趕快被看見，可是一進入網路簡直像淹沒在符號之海，要怎麼被看見，可能就是要回到營造文字藝術的手寫時代，現在可能是敲鍵盤，即便如此也要開始經營文字的藝術。只要過了這一關，一個網路文學、文藝復興的年代可能就會出現。你期待二〇二〇年代是下一個小說的盛世，我則認為，如果一九二〇年是現代主義的盛唐時期，網路文學的盛唐時期將在二〇二〇年以後發展出新的氣象。比起你來，我沒有那麼悲觀，一定有人會去經營。

*原載《印刻文學生活誌》

經典與非典——文學世紀初

作　者／周芬伶
社　長／林宜澐
總編輯／廖志墭
編　輯／王威智
封面設計／謝明佑
出　版／蔚藍文化出版股份有限公司
地址：110408臺北市信義區基隆路一段一七六號五樓之一
電話：02-22431897
臉書：https://www.facebook.com/AZUREPUBLISH/
讀者服務信箱：azurebks@gmail.com
總經銷／大和書報圖書股份有限公司
地址：248020新北市新莊區五工五路二號
電話：02-89902588
法律顧問／眾律國際法律事務所　著作權律師／范國華律師
電話：02-27595585
網站：www.zoomlaw.net
印　刷／世和印製企業有限公司
定　價／新臺幣三八〇元
初版一刷／二〇二一年五月
ISBN：978-986-5504-39-7（平裝）

國家圖書館出版品預行編目（CIP）資料

經典與非典：文學世紀初 / 周芬伶著. -- 初版. -- 臺北市：蔚藍文化出版股份有限公司, 2021.05
面；　公分
ISBN 978-986-5504-39-7(平裝)

1. 現代文學 2. 文學評論

863.2　　110006504